教育部、国家语委重大文化工程
　　"中华思想文化术语传播工程"成果
国家社会科学基金重大项目
　　"中国核心术语国际影响力研究"（21&ZD158）
　　阶段性成果

中华思想文化术语研究丛书

袁济喜 著

兴
艺术生命的彰显

外语教学与研究出版社
北京

图书在版编目（CIP）数据

兴：艺术生命的彰显 / 袁济喜著. -- 北京：外语教学与研究出版社，2022.10
（中华思想文化术语研究丛书）
ISBN 978-7-5213-4018-1

Ⅰ. ①兴… Ⅱ. ①袁… Ⅲ. ①中国文学－古典文学研究 Ⅳ. ①I206.2

中国版本图书馆 CIP 数据核字 (2022) 第 188438 号

出 版 人	王　芳
项目负责	刘　佳
责任编辑	刘虹艳
责任校对	刘　佳
装帧设计	覃一彪
出版发行	外语教学与研究出版社
社　　址	北京市西三环北路 19 号（100089）
网　　址	http://www.fltrp.com
印　　刷	紫恒印装有限公司
开　　本	787×1092　1/32
印　　张	4.5
版　　次	2022 年 11 月第 1 版　2022 年 11 月第 1 次印刷
书　　号	ISBN 978-7-5213-4018-1
定　　价	48.00 元

购书咨询：(010) 88819926　电子邮箱：club@fltrp.com
外研书店：https://waiyants.tmall.com
凡印刷、装订质量问题，请联系我社印制部
联系电话：(010) 61207896　电子邮箱：zhijian@fltrp.com
凡侵权、盗版书籍线索，请联系我社法律事务部
举报电话：(010) 88817519　电子邮箱：banquan@fltrp.com
物料号：340180001

"中华思想文化术语研究丛书"出版说明

"中华思想文化术语研究丛书"的策划来源于"中华思想文化术语传播工程"(以下简称"工程")。

"工程"旨在梳理反映中国传统文化特征和民族思维方式、体现中国核心价值的思想文化术语,用易于口头表达、交流的简练语言客观准确地予以诠释,在中国对外交往活动中,传播好中国声音,讲好中国故事,让世界更多了解中国国情、历史和文化。"工程"的核心成果是"中华思想文化术语"系列图书(中英文对照版),每辑收录100条思想文化术语,每条术语的释义文字在二三百字。

"中华思想文化术语"系列图书问世后,很多国外读者提出,希望更深入地了解其中一些思想文化术语的含义以及它们对当代社会的影响。于是,"工程"秘书处与施普林格·自然集团共同策划了本套丛书——"中华思想文化术语研究丛书"。其中,英文版由施普林格·自然集团在海外出版,而中文版则由外语教学与研究出版社在国内出版。

本套丛书中的每一种，均是作者对某一个或者一组思想文化术语的深入阐释。作者依托历史文献资料与学界已经取得的研究成果，以思想文化发展史上的代表人物或代表性著作、观点为线索，详细考察该术语在中华思想文化发展史上的源流嬗变、历史语境、语义脉络、思想影响、现代价值，让读者对中华思想文化中的一些重要范畴、概念或思想命题有一个较为全面系统的了解。

丛书以综合、原创的学术内容及著作者个人的学术研究为主，体现专业研究与社会普及结合，源流并重，考论兼备，中西观照。丛书中涉及的思想文化术语既是中国文化的智慧，也是人类共同的文化宝藏。挖掘它们的意义变迁，阐释其对当今社会的影响，有利于促进不同文化之间的交流与对话。

本套丛书的作者有的侧重于概念史研究，有的侧重于对传统的学科术语的挖掘，表现出研究成果的多样性和丰富性。需要说明的是，我们以"中华思想文化术语"之名进行整合，但也尊重作者不同的学术视野和研究领域。本套丛书是开放性的，我们还会陆续推出其他中国知名学者关于中华思想文化术语的研究作品。

"中华思想文化术语传播工程"秘书处
2022 年 5 月

绪 言

"兴"是中国古典美学中一个具有关键意义的范畴,它将审美与文艺创作的一些根本性问题,如心物、情景、情志等关系加以融会,作为沟通这些对立关系的桥梁,使审美与文艺创作成为既涵括心与物、情与景、情与志,又具有独立性质的精神文化创造活动。它包含的范围如此之广,涉及的问题如此之多,具有海纳百川、以一总万的意义。这是中国审美文化理念与体验相融合这一特征的典型显现,是西方与其他国家的美学与文艺学所不具有的。叶嘉莹教授曾在《中国古典诗歌中形象与情意之关系例说》一文中指出:"至于'兴'之一词,则在英文的批评术语中,根本就找不到一个相当的字可以翻译。"[1]因此,如果不从整个中国文化的特点出发去了解"兴"的内涵与外延,就难以全面把握这一范畴的真实面目。

作为审美范畴的"兴"的形成,是在出现了文字的

---

1 叶嘉莹:《迦陵论诗丛稿(修订本)》,河北教育出版社,1997,第33页。

先秦时代。在《诗经》的创作过程中,即已萌发了用"比兴"来作诗的自觉意识,孔子提出了"诗可以兴""兴于《诗》"的命题,正式启用了"兴"这一美学范畴。秦汉间的《周礼》最早提出"比兴"概念,后来汉儒在注《周礼》时对"比兴"作了诠释。《毛诗序》对"比兴"在诗歌创作过程中的作用与功能作了进一步的发挥。在最初的时候,人们讨论"兴"的问题,一种是如孔子那样,当作用诗的概念,强调对《诗经》的欣赏是"感发志意"的美感心理;另一种是将它作为"赋、比、兴"中的一个组成部分,当作诗法来看待,其基本含义有两点,即感发与托喻的功能,它是与"比"相提并论,但更具隐喻意义的一个范畴。汉魏之际,随着文学逐渐走向独立,"兴"从托喻之辞向着自然感兴发展,其内涵逐渐延伸拓展,演化为不限于政教思想、用以感兴寄托、表达意在言外的审美范畴。唐宋以来,诸多的文论家对此作了进一步的阐发,从而使"兴"范畴的内涵不断得到充实与拓展,变成具有多重含义的古典美学范畴。

"兴"从创作对象的角度来说,倡导缘物而感;从作者主观方面来说,提倡寓情写意;从主客观合一的作品层面来说,则推崇意在言外、回味无穷的审美境界。这三重意义，浑然融化成中国美学关于文艺创作的基本范畴，是中国文化特质在美学上的汇聚。

原夫"兴"之诞生，源自中华先民自然生命与艺术生命融合而成的原始宗教之舞，在后世的发展演变中，随着人的独立与觉醒，"兴"逐渐摆脱了巫术文化的浸染，越来越走上审美之途，在保留原始之"兴"中天人合一、观物取象等文化价值观念的痕迹的同时，不断汲取新的人文内涵，从而可以寄寓不同年代的人生感慨，使人们能够激活人生，让人生与艺术有机地结合起来。在这种生命力与创造力的感召下，人们创作出了灿烂辉煌的文艺，其高风深韵，至今仍使人慨然感怀。这告诉我们，艺术之中如没有生命之"兴"，就无法臻于至境，而只是文本制作，过眼烟云。"兴"是现实人生向艺术人生跃升的津梁，是使艺术生命得到激活的中介。在人类越来越受到现代工业理性制约，审美生命日渐萎缩的今天，这种生命之"兴"具有丰富人生、丰富内在生命的积极意义，是中国古典美学有价值的传统之一。

袁济喜
2022 年 5 月于北京

目　录

第一章　先唐之"兴"的生成 / 1

第一节　先秦两汉"兴"术语的形成 / 3
第二节　六朝生命活动与"兴"的发展 / 16

第二章　唐之后"兴"的流变 / 31

第一节　唐宋之"兴" / 33
第二节　元明清"兴"的发展 / 54

第三章　"兴"的结构阐释 / 69

第一节　"比兴"术语的比较 / 71
第二节　"兴"的意蕴 / 80

第四章 "兴"与艺术生命的彰显 / 89

第一节 "兴"与原始生命活动 / 91

第二节 "兴"与灵感活动 / 101

第三节 "兴"与文艺鉴赏 / 109

第四节 "兴"的组合 / 113

参考文献 / 128

*

第一章 先唐之"兴"的生成

第一章　先唐之"兴"的生成

作为审美范畴的"兴"的形成,是在出现了文字的先秦时代。然而,作为原始生命活动表现形态的最初的"兴",却是在原始社会即已萌发。随着人性的自觉和人们艺术生命的延伸,艺术从本能性的情感发挥向着文字思维形态逐渐凝练,歌、乐、舞合为一体的艺术形态逐渐朝着偏重语言形式的诗歌伸展,从而使得"兴"凝聚着社会人生的意味,成为使情成体的艺术活动中介。在先秦至两汉的诗歌创作与诗学理论中,"兴"的审美术语内涵得到奠定。

第一节　先秦两汉"兴"术语的形成

一　《诗经》中的"比兴"

"比兴"作为诗歌审美创作的方法,最早出现在《诗经》之中。《诗经》中"兴"的基本用法,是起始事物与所咏之情存在一定的比喻关系。如《诗经》中著名的《周南·关雎》起始:

兴：艺术生命的彰显

> 关关雎鸠，在河之洲。窈窕淑女，君子好逑。

诗中一开始由一对水鸟在河中沙洲求偶鸣叫想到自己爱慕的姑娘，渴望同她结成伴侣。诗的开头两句起兴与后面两句的意思显然有着联系，所以有人又称"比兴"为"比而兴"，这也可以说明"比"与"兴"之间是你中有我、我中有你的关系，很难截然分开。再如《周南》中的《桃夭》起始：

> 桃之夭夭，灼灼其华。之子于归，宜其室家。

诗的开头以桃花起兴，比喻新妇美丽的容颜，祈祝新妇婚姻幸福美满。桃花与新妇之间，也就是起兴与所咏之间存在着比喻的关系。还有的起兴比较隐晦。如《邶风·柏舟》起始：

> 泛彼柏舟，亦泛其流。耿耿不寐，如有隐忧。

诗的起始用任水漂泊、无依无靠的小船起兴，以隐喻不得志之人的忧愁漂泊心境。类似的起兴与比喻在

第一章 先唐之"兴"的生成

《邶风·谷风》中也有:"习习谷风,以阴以雨。黾勉同心,不宜有怒。"这首诗是一位遭丈夫抛弃的女子所写的诉苦诗,诗的起兴用山中之风和乍晴乍阴的天气形容丈夫喜怒无常,脾气暴戾不定,比喻贴切而生动。

《诗经》中"兴"的运用,有的则是烘托气氛。如《郑风·风雨》中的起兴,渲染了一种凄清悲凉的气氛,很好地烘托出女子对相思之人的苦恋之情:

> 风雨凄凄,鸡鸣喈喈。既见君子,云胡不夷?
> 风雨潇潇,鸡鸣胶胶。既见君子,云胡不瘳?
> 风雨如晦,鸡鸣不已。既见君子,云胡不喜?

这首诗三章之首都用风雨中鸡鸣起兴,写出了一位女子苦等相思之人的凄楚与想象相见后的快乐。开始的起兴虽与后面的内容没有直接的比喻作用,但是创造出来的悲凄气氛强烈地衬托出苦恋的情调,读之令人感动。也正因为起兴之句烘托出的气氛不同凡响,故而后世的人们常常将这几句单用,用来形容在风雨如晦的黑暗中坚持志向、不随波逐流的人格精神。

《诗经》中的起兴与传统诗学中所说的"赋、比、兴"

有着很深的联系。"赋"是直言其事,"比"是比方言事,也容易理解;而"兴"则比较复杂,故较早解释《诗经》的《毛传》对"赋""比"两种手法不标,而独标"兴"体,是知"兴"之难言。但"兴"与"比"、"兴"与"赋"实在是不容易分的,有时候是借助于二者的桥梁构建而成。日本学者铃木虎雄在其《中国诗论史》中谈到《诗经》中的"赋"与"兴"关系时提出:"如果说用'赋'的方法,其言率直而露骨,那么,运用'比''兴'的方法,即所谓比方托物,以事物为媒介寓托自己的心情,则其言婉曲。由于怨或刺的主题往往借助此法而婉曲表达,因而后世在解释时,即使在当时是最易明了的诗意,也在很大程度上背离了作者的本意。"[1] 铃木虎雄的话可谓说出了"兴"在《诗经》中的意义与在后世传释时的遭际。

二 孔子论"兴"

孔子论"兴",最著名的是提出了"兴、观、群、怨"之说,将"兴"与审美活动的其他因素联系起来考察,

---

[1] 铃木虎雄:《中国诗论史》,许总译,广西人民出版社,1989,第25页。

第一章　先唐之"兴"的生成

从而奠定了中国古代诗学的重要价值观念。他说：

> 小子何莫学夫诗？诗，可以兴，可以观，可以群，可以怨。迩之事父，远之事君；多识于鸟兽草木之名。（《论语·阳货》）

这是孔子对用诗歌对学生进行教育的总结。汉代孔安国注"兴"为"引譬连类"，宋代朱熹则注为"感发志意"，其实二者是可以互补的。

所谓诗"可以兴"，是指诗通过"感发志意"的方式来启悟人。"兴"，是一种情感的活动，通过个体愉悦来举一反三，"引譬连类"，从对文学形象的欣赏中领悟各种人生与自然界的哲理，进而升华至道德的境界。比如《论语·八佾》记载子夏从孔子学《诗经》，在孔子启发下，从《卫风·硕人》中描写卫庄公夫人庄姜美貌的诗句"巧笑倩兮，美目盼兮，素以为绚兮（'素以为绚兮'可能是逸句）"中领会到礼后于质、质里文表的道理，便说明了这一点。在《论语》中，孔子及其弟子多处使用了譬喻的方法来说明事理，说明孔子是非常善于运用《诗经》中起兴而感的手法，"引譬连类"的。

兴：艺术生命的彰显

所谓诗"可以观"，便是诗可用来"观风俗之盛衰"（郑玄注）。在儒家看来，诗与乐能够反映人民的心声，是社会情绪的传达，从中可以"考见得失"。

所谓诗"可以群"，孔子认为，一个人如果接受了《诗经》中《周南》《召南》里弘扬的道德观念与思想感情，就能使自己的人格得到升华，以仁者之心去待人接物，推己及人，这样，社会整体的道德文化素质就会得到提升。

所谓诗"可以怨"，这是孔子文艺思想中一个最有价值的命题。著名学者钱锺书先生在《诗可以怨》一文中认为，这是中国古代非常有影响的优秀的文学传统。[1] 据孔安国解释，诗"可以怨"是指"怨刺上政"。孔子认为统治者内部应该实行"和而不流"的交往方式，虽然不能犯上作乱，但可以怨刺上政，事君之道是"勿欺也，而犯之"（《论语·宪问》），即对国君不可以欺骗，但可以讽谏，言者无罪，闻者足戒。这是从引用诗的角度去说的。从另一角度来说，当人遭遇痛苦时，也可以通过读诗、作诗，宣泄心中的怨愤与苦闷，从而获得精神的平和与宁静。

[1] 参见钱锺书：《七缀集》，生活·读书·新知三联书店，2002。

第一章 先唐之"兴"的生成

总体说来,孔子认为诗的这四种功能可以使人"迩之事父,远之事君;多识于鸟兽草木之名",即通过诗教,来为礼治服务。诗的"兴、观、群、怨"一般说来包含着文艺美之中的审美、认识与教育等作用,这诸种功能是互相融通的,但最基本的却是"兴",即感发志意的功能,其他的功能都是缘此而生成的。孔子的诗学,大大突出了"兴"的感发志意、陶冶人心的功能,使得"兴"正式成为中国古典美学中的一个独立的范畴。

孔子还指出:"兴于《诗》,立于礼,成于乐。"(《论语·泰伯》)宋代学者邢昺注曰:"此章记人立身成德之法也。兴,起也,言人修身当先起于《诗》也。立身必须学礼,成性在于学乐。不学《诗》无以言,不学礼无以立。既学《诗》、礼,然后乐以成之也。"(《论语注疏》)朱熹在《论语集注》中说得更为肯定:"兴,起也。诗本性情,有邪有正,其为言既易知,而吟咏之间,抑扬反复,其感人又易入。故学者之初,所以兴起其好善恶恶之心而不能自已者,必于此而得之。"从这些解说中可以看出,孔子将《诗经》这部中国最早的诗歌总集视为修身养性的教科书,认为《诗经》的感兴可以比礼仪制度更能深入人心,学习《诗经》是做人立于礼、修身成于性的开始。"兴"在孔子的诗学中,首先就是一种感发志意、涵养性情的审美活动。

三 《毛诗序》论"兴"

先秦《诗经》与孔子诗学之"兴",迄至两汉时代,又有了新的演绎。随着《诗经》与另外四部儒家经典(即《书》《礼》《易》《春秋》)在汉武帝时成为官学教材,有关《诗经》的解释也成为"罢黜百家,独尊儒术"的官方思想的组成部分。孔子所说的"诗可以兴"与孟子的"以意逆志"成为两汉经学家依据儒学大义进行发挥的根据。

汉代经学家论"比兴"的代表作是《毛诗》。《毛诗》是汉代流传下来的《诗经》版本,其中的《诗序》与《传》(即注解)都有对于"比兴"的解说,可以说是汉代《诗经》研究中对"比兴"问题的经典阐释。先秦时代的"比兴"论在《毛诗序》中得到了发展与延伸。所谓《毛诗序》是从文献学意义上去说的。《毛诗序》是夹杂在《关雎》题解中的一篇具有全书总序性质的文字,其作者历来众说纷纭,现在一般认为这段文字的作者应为多人,包括

第一章 先唐之"兴"的生成

孔子的学生子夏及其后的学者,如东汉儒生卫宏等。但其观点主要代表了汉代儒生对《诗经》的看法,也可以说是汉代儒生阐发《诗经》的一篇具有纲领性质的文字。《毛诗序》论"兴",与先秦典籍中对"兴"的阐发大多三言两语、意义不明、缺乏体系不同,开始从整个诗学体系中去解释"比兴"范畴,将"比兴"范畴作为诗教思想中的一个有机组成部分,使"兴"脱离了较为混沌模糊的样态,而与"美刺""情志"等范畴相融合。它与《毛诗》中《传》部分对"兴"的解说互相补充,从理论与具体作品解说两方面对"兴"进行了演绎。《毛诗序》论"兴",在中国古代美学"兴"范畴的发展中占有重要的地位。

《毛诗序》的作者认为诗歌表达情感、塑造形象,是通过"比兴"方法来实现的。为此提出了"六义"说:

> 故诗有六义焉:一曰风,二曰赋,三曰比,四曰兴,五曰雅,六曰颂。上以风化下,下以风刺上,主文而谲谏,言之者无罪,闻之者足以戒,故曰风。至于王道衰,礼义废,政教失,国异政,家殊俗,而变风、变雅作矣。国史明乎得失之迹,伤人伦之废,哀刑政之苛,

> 吟咏情性,以风其上,达于事变而怀其旧俗者也。故变风发乎情,止乎礼义。发乎情,民之性也;止乎礼义,先王之泽也。

这里明确将"六义"并提,但这些名称并不是《毛诗序》的发明,《周礼·春官》中就有"大师……教六诗:曰风,曰赋,曰比,曰兴,曰雅,曰颂。以六德为之本,以六律为之音"的说法。关于"六义"之说,研究者一般认为,孔颖达在《毛诗正义》中提出的"风、雅、颂者,《诗》篇之异体;赋、比、兴者,《诗》文之异辞耳"观点,基本概括了"风、雅、颂"是《诗》之体,而"赋、比、兴"是《诗》之用即表现手法的情况,从创作论角度阐明了"兴"与"赋""比"是《诗经》中常用的手法。《毛诗》中对《诗经》原文的注解,也可以说明这一点。

然而,对于"赋、比、兴"手法的具体内涵,《毛诗序》没有作详细的说明,最早作解释的是东汉经学家郑玄与郑众。郑玄在《周礼注》中说:"赋之言铺,直铺陈今之政教善恶。比,见今之失,不敢斥言,取比类以言之。兴,见今之美,嫌于媚谀,取善事以喻劝之。"又引郑众的话说:"比者,比方于物也;兴者,托事于物。"郑玄对"赋、

第一章 先唐之"兴"的生成

比、兴"的解释有点片面,比如他释"赋"为铺陈政教善恶,"比"只言"失",而"兴"只喻"美",后人对他的说法作了辨正。从今天的角度来看,《毛诗序》中谈到的"赋、比、兴",其实是说使情成体的问题。诗是言志抒情的,但是情志不能凭空说出,必须借助形象表达出来,中国古代诗学讲究意在言外,一唱三叹,为此运用"比兴",通过比喻、象征将情思抒发出来,这样生成的意境才能委婉曲致,深刻感人。《诗经》中大量运用了"比兴"的手法,从而形成了含蓄蕴藉的风格特征。《毛诗序》总结的《诗经》的"六义"说是十分有见地的,它指出了《诗经》既有政教价值又有美育价值的一个重要原因,在于它使情成体的创作方法,将深致的情思借助于形象表达出来,使人品味出韵外之致,感受到其中"厚人伦,美教化"的意义。

但是,《毛诗序》一方面从"赋、比、兴"的创作手法上论述了形象与情志的统一,另一方面又将"比兴"限制在"美刺"的意义中,从而使"比兴"独立的美学意味让位于"美刺"的政教目的。《毛诗序》提出:"上以风化下,下以风刺上,主文而谲谏,言之者无罪,闻之者足以戒,故曰风。"这是《毛诗序》中比较重要的观点。

兴：艺术生命的彰显

《毛诗》认为"兴"与"美刺"有着不可分割的关系。《毛诗》的小序中，往往对诗冠之以"美"或"刺"的微言大义。如："《汉广》，德广所及也。文王之道被于南国，美化行乎江汉之域，无思犯礼，求而不可得也。""《凯风》，美孝子也。卫之淫风流行，虽有七子之母，犹不能安其室。故美七子能尽其孝道，以慰其母心而成其志尔。""《雄雉》，刺卫宣公也。淫乱不恤国事，军旅数起，大夫久役，男女怨旷，国人患之而作是诗。""《月出》，刺好色也。在位不好德而说美色焉。""《谷风》，刺幽王也。天下俗薄，朋友道绝焉。""《板》，凡伯刺厉王也。"对诗的这些"美""刺"的解释大多属于无中生有、穿凿附会。后人已详加驳斥。为了给这些"美""刺"解释提供理论上的依据，于是先秦时代的"比兴"到汉代就被"美刺"的政教需要所覆盖。

汉代一些经学家认为，《诗经》中许多作品的"美刺"功能，是通过"比兴"手法得以实现的。郑玄在《周礼注》中说："赋之言铺，直铺陈今之政教善恶。比，见今之失，不敢斥言，取比类以言之。兴，见今之美，嫌于媚谀，取善事以喻劝之。"唐代孔颖达在《毛诗正义》中说："赋者，直陈其事，无所避讳，故得失俱言；比者，比托于物，

第一章 先唐之"兴"的生成

不敢正言,似有所畏惧,故云见今之失,取比类以言之;兴者,兴起志意,赞扬之辞,故云见今之美,以喻劝之。"也看到了"比兴"与"美刺"之间的联系。如果说董仲舒强调对统治者的歌功颂德,《毛诗序》则重视歌颂与讽刺两端,这不能不说是其进步之处。诗歌的功能主要是通过抒发怨愤表现出来的,从孔子的诗"可以怨"到李白的"哀怨起骚人"都说明了这一点。梁启超在《情圣杜甫》一文中谈到杜甫的哀怨之诗时说:"诉人生苦痛,写人生黑暗,也不能不说是美,因为美的作用,不外令自己或别人起快感。痛楚的刺激,也是快感之一。"《毛诗序》在这方面表现出两汉儒家文论中富有批判性的观念。郑玄在《诗谱序》中说:"论功颂德,所以将顺其美;刺过讥失,所以匡救其恶。各于其党,则为法者彰显,为戒者著明。"郑玄认为《诗经》中表现出来的"刺过讥失",对于让统治者调整其统治方式是有用的,也是诗的"正得失"教化功能的体现。

不过,《毛诗序》又强调这种讽谏必须掌握好尺度,不能过分。它认为:"主文而谲谏,言之者无罪,闻之者足以戒。"郑玄对此解释道:"风化、风刺,皆谓譬喻不斥言也。主文,主与乐之宫商相应也。谲谏,咏歌依违,不直谏。"朱熹释"主文"一词为"主于文词而托之以谏"(《吕氏家塾读诗记》卷二)。朱自清先生《诗言志辨·赋比兴通释》中说:"'主文'疑即指比兴。"[1]《毛诗序》的作者认为,诗可以怨,但对统治者的讽刺要温和含蓄、旁敲侧击,以顾全帝王的颜面。在封建专制制度下,君为臣纲,臣子即使对君王进行劝谏,也要小心翼翼,委婉曲致。《毛诗序》与汉代的经学家们认为,"比兴",特别是"兴"的运用,可以使诗的讽谏更为委婉。于是,"比"与"兴",都被纳入了"美刺"的轨道,从而使《诗经》在一定程度上丧失了作为原创作品鲜活的艺术生命力。《毛诗序》提出的"变风发乎情,止乎礼义"的说法,也削弱了《国风》与《小雅》中"怨"诗的愤慨之情,导致后世很多文论落入以"温柔敦厚"论诗的俗套。

第二节 六朝生命活动与"兴"的发展

"兴"作为中国古典文学与艺术非常关切的审美

---

[1] 朱自清:《诗言志辨》,华东师范大学出版社,1996,第82页。

第一章　先唐之"兴"的生成

范畴,在魏晋南北朝时期得到了辉煌的展现。这就是随着汉末以来思潮的变化,文学艺术逐渐脱离了两汉大一统皇权专制思想的羁绊,而与动乱纷争年代中的生命意识相融会,文艺与审美不再依附于经学,而成为人的感性生命力的宣泄与寄托。于是在两汉文学中主要成为"美刺"表现手段的"兴",冲破了"厚人伦,美教化"的范围,成为对人的最直接的生命意识的表达。人们借助于对自然景观与社会人事的种种感发而兴怀抒情,咏物寄心,从而将"兴"的艺术创造力与创作方法、修辞手段有机地融为一体。中国古典美学中的"兴",到了魏晋南北朝时代,才真正形成了丰富完整的范畴结构与内涵。同时,这种充满自然张力的"兴",又在一定程度上恢复与张扬了原始艺术之中的生命力,减弱了两汉经学对其的压抑。

一　"兴"与人生的觉醒

所谓"兴",在魏晋南北朝时的文人看来,是一种自由无待的生活态度,这种生活态度从某种意义上来说，也是审美人生，其特点是以个体的自由无待作为人生的目的，其最高的境界与形式，则被认为是悠游山水，寄兴艺术。在当时的文士看来，人的自然生命受制于尘俗社会，是不自由的，而要从尘俗社会跃升到自由境界，有赖于"兴"的感触，山水自然与文艺，则是起兴的缘由，于是山水与文艺构成了自然生命向自由生命跃升的桥梁。要实现这种精神上的自由，需要有一定的契机，而能否起兴则是其中至关重要的环节。

两晋年代的思想界与文学界，在玄学影响下，人们广泛开展了对人生与生命的讨论，而这种讨论往往伴随着对山水自然的欣赏。乱世之中，人们容易有生命无常之感，面对巨大的宇宙造化，人们更易感自身的渺小，在观照自然时也反思自身的生命。这种观照并非静观，而是在欣赏自然时有所感兴。东晋王羲之等人在永和九年（353）于兰亭举行的文人集会，将文人的以诗会友与民间的三月三日修禊之礼结合起来。

> 此地有崇山峻岭，茂林修竹。又有清流激湍，映带左右，引以为流觞曲水。列坐其次。虽无丝竹管弦之盛，一觞一咏，亦足以畅叙幽情。是日也，天朗气清，

第一章　先唐之"兴"的生成

惠风和畅。仰观宇宙之大,俯察品类之盛,所以游目骋怀,足以极视听之娱,信可乐也。

王羲之的《兰亭集序》以优美清丽的笔调,描画出位于江南的会稽山阴兰亭农历三月三日天朗气清、惠风和畅与茂林修竹、清流激湍的景观。诗人触景生情,由物感发,不由得想起人生的意义,它既不是庄子所说的一死生,也不是有些人所理解的外在功名,而在于生命过程中的兴趣:

> 向之所欣,俯仰之间,以为陈迹,犹不能不以之兴怀。况修短随化,终期于尽。古人云:"死生亦大矣。"岂不痛哉! 每览昔人兴感之由,若合一契,未尝不临文嗟悼,不能喻之于怀。固知一死生为虚诞,齐彭殇为妄作。后之视今,亦由今之视昔。悲夫! 故列叙时人,录其所述,虽世殊事异,所以兴怀,其致一也。后之览者,亦将有感于斯文。

在这篇抒情与记叙融为一体的美文中,王羲之以景起兴,对生命意义深发感慨。在他看来,人生与永恒的宇宙相比，只是短暂的一瞬间，而人生的欢乐更是转瞬即逝，然而给人带来的意义却是永恒的。文中三次出现了"兴"："犹不能不以之兴怀""每览昔人兴感之由""所以兴怀"。这些感兴，都是对人生的感叹与兴怀。诗人由自然景观升华到对人生的感喟兴怀，这正是魏晋六朝之"兴"与先秦两汉之"兴"的不同之处。先秦之"兴"主要起自《诗经》，它往往从草木禽鱼起兴，进而咏叹社会人事与自己的遭际。汉代将"比兴"与"美刺"相联系，限于经学的范围。而魏晋六朝人之兴，由个体之"兴"上升到对生命的咏叹，是一种寻找终极关怀的感兴，是源自人生又超越人生的精神创造，它也体现出魏晋六朝动荡之中弥漫的人生悲剧观念。在王羲之这篇文章中，我们发现作者最能感物兴怀的是"死生亦大矣"的悲剧主题，即从宇宙永恒、人生短暂中兴感到的个体生命的价值。人生有限而天地无限，但人并不能"一死生"即泯灭生命的意义，而是要在短暂的人生中把握世界与人生的意义，珍惜这短暂的快乐。但这并不是《列子·杨朱》篇中宣扬的及时行乐，因为人之所以不同于禽兽，就在于人追求的是精神上的快乐和满足，如果放弃精神上的自由快乐而逐于物欲，等于将人退化到禽兽

第一章 先唐之"兴"的生成

之域。魏晋风度的形而上意义也在于此,这也是人们之所以肯定其意义的精神价值所在。

这种寻求生命意义的感兴,在《世说新语》中多有记载。比如:

> 王孝伯在京,行散至其弟王睹户前。问:"古诗中何句为最?"睹思未答。孝伯咏:"所遇无故物,焉得不速老。"此句为佳。(《文学》)

王孝伯在京"行散"(即服食"五食散"后走路以发药,据王瑶先生考证),沿途见到景物转换,无一故物,不禁兴怀,深慨人生易逝。本来,《古诗十九首》中的这两句诗也是属于兴句,即由眼前所见之物感兴,喟叹人生如寄。在汉魏古诗中,这一类咏叹人生苦短的诗句是很多的,其中用以感兴的心理即是探索生命价值的观念。

《世说新语》中还有一则人们经常引用的东晋枭雄桓温的轶事:

> 桓公北征,经金城,见前为琅邪时种柳皆已十围,

> 慨然曰："木犹如此，人何以堪。"攀枝执条，泫然流泪。（《言语》）

桓温为东晋权倾一时的人物，当他北伐途经过去任官之地时，见到树已成材，由此突然兴感，联想到树犹如此（生长之快），人焉能不速老？这也是魏晋人挥拂不去的悲剧意识。值得注意的是，这种"兴"与两汉言"兴"多从"美刺"角度去谈不同，它没有预先设定的功利目的，只是心境的偶然触发，但是我们又不能说这种"兴"无缘无故，恰恰相反，它由于人生感受与文化心理的沉淀，变成一种厚重的心境，在偶然事物的感召下成为一种强烈的感受，不得不发。

这种兴感升华为文学创作，往往最具感染力。唐代托名贾岛的《二南密旨》中论"兴"时说："感物曰兴……兴者，情也。谓外感于物，内动于情，情不可遏，故曰兴。"可以说是继承了六朝人以情释"兴"的基本观点。谢灵运更是自觉运用感兴的方式写诗。《宋书·谢灵运传》云："郡有名山水，灵运素所爱好。出守既不得志，遂肆意游遨，遍历诸县，动逾旬朔……所至辄为诗咏，以致其意焉。"谢灵运为了发泄内心对刘宋王朝的不满，出

第一章　先唐之"兴"的生成

任永嘉太守时经常游山玩水,见到奇山异水时辄自然感兴,抓住瞬间兴起的审美意象,形诸诗章。所以钟嵘《诗品》在谈到谢灵运的山水诗说:"兴多才高,寓目辄书,内无乏思,外无遗物。"沈约《宋书·谢灵运传论》也称他"兴会标举"。在魏晋南北朝,诗人抓住瞬间感兴作诗是常见的事。如曹植《赠徐干》诗中云:"慷慨有悲心,兴文自成篇。"鲍照《园中秋散》诗云:"临歌不知调,发兴谁与欢?"沈约《梁武帝集序》云:"日月光华,南风所以兴咏。"帛道猷有诗题名为《陵峰采药,触兴为诗》。《南史·桂阳王铄传》云:"遇其赏兴,则诗酒连日。"梁代昭明太子萧统在《答晋安王书》中说:"炎凉始贸,触兴自高,睹物兴情,更向篇什。"从这些资料来看,"兴"作为一种审美范畴,已经融入魏晋六朝人的审美生命之中,使得他们能够自觉地追求超越世俗、物我合一的艺术之境。

二　"兴"与审美理论

作为美学理论范畴的"兴",正是建构在当时的审美风尚之上的,是魏晋六朝人审美活动与艺术生命意识的凝聚。

西晋时挚虞所作的《文章流别论》,对传统"比兴"的解说作了一定的发展,是魏晋六朝时论"兴"的有代表性的篇章。挚虞在释"赋、比、兴"时说:"赋者,敷陈之称也。比者,喻类之言也。兴者,有感之辞也。"挚虞对"赋"与"比"的解释没有什么新意,但是他对"兴"的解释却很有创见,他认为"兴"是有感而发,这与魏晋时重视感兴与应感之会的文学思想有关。由于文章很多内容散失,我们不能见到挚虞论"兴"的其他部分,但这一命题的提出,却打破了两汉从"美刺"角度论"比兴"的套路,启发人们从有感而发的角度去理解"兴"。

刘勰、钟嵘则从情物相感的角度来看待"比兴"问题,对传统的"比兴"问题作出了新的理论建树。首先,他们认为"兴"是主观情志在外物感召下形成的一种审美冲动。刘勰在《文心雕龙·诠赋》篇中提出:"原夫登高之旨,盖睹物兴情。情以物兴,故义必明雅;物以情观,故词必巧丽。"这里明确地将睹物兴情作为文学创作产生的动力,"情以物兴"与"物以情观"成为文学创作相辅相成的过程。刘勰的论述,比挚虞在《文章流别论》中简单地将"兴"说成"有感之辞"要大为丰富,

第一章　先唐之"兴"的生成

并成为后世"情景"理论的肇端。将"兴"与"情景"范畴相联系,这是刘勰文学理论的重要贡献。

在刘勰的文学思想之中,独立的"兴"与"比兴"范畴中的"兴"是有所不同的,前者突出感物起情之义,强调其偶发性与自然性,如《文心雕龙·物色》篇所云"情往似赠,兴来如答","四序纷回,而入兴贵闲",《文心雕龙·诠赋》篇所言"至于草区禽族,庶品杂类,则触兴致情,因变取会",这些地方所言之"兴"与当时所倡导的"兴会""感兴"基本上属于同一范畴,与唐宋人所言的"兴趣""意兴"也具有类似的意思。刘勰《文心雕龙》将"兴"建立在"主情"说的基础之上,表现出他站在当时时代前沿,善于总结汉魏以来文学发展经验的先进眼光。

在讨论"比兴"范畴时,刘勰对两汉传统还是有所吸取的。在《文心雕龙》集中谈论"比兴"问题的《比兴》篇中,他对汉代诗学中的"比兴"作了发挥:

> 故比者,附也;兴者,起也。附理者,切类以指事;起情者,依微以拟议。起情故兴体以立,附理故比例以生。比则畜(蓄)愤以斥言,兴则环譬以托讽。盖随

兴：艺术生命的彰显

时之义不一，故诗人之志有二也。

刘勰论"兴"，与《毛诗》论"兴"不同，他首先是将"比"与"兴"都视为情感的产物，不仅"兴"是由情感触发，所谓"起情故兴体以立"，而且"比"也是情感所致，"比则畜（蓄）愤以斥言"。东汉郑玄的主张是"比刺兴美"，刘勰明确地反对此种看法，认为"兴"也是"环譬以托讽"，是包含讽刺的创作手法。当然，"兴"与"比"相比，意义更深广，方式更委婉，所以刘勰认为《毛诗》中独标兴体，是因为"比显而兴隐"。"比"是明显地切类以指事，如《文心雕龙·比兴》篇中所列举的"麻衣如雪""两骖如舞"之类皆是，但"兴"则隐晦得多了，所谓"依微以拟议"，出自《周易·系辞上》："拟之而后言，议之而后动，拟议以成其变化。"东晋韩康伯注曰："拟议以动则尽变化之道。"《比兴》篇这里是指在运用"兴"的过程中，经过反复酝酿以"起情"，依据外物与内心微妙复杂的联系设计出兴象，即《文心雕龙·神思》篇中所说的"刻镂声律，萌芽比兴"。这种兴象与意蕴有时虽然并不明确，但却能烘托氛围，触发思致，使二者之间产生某种默契。例如《诗经·秦风·蒹

第一章 先唐之"兴"的生成

葭》中的"蒹葭苍苍,白露为霜"与《诗经·邶风·谷风》中的"习习谷风,以阴以雨"之类,起兴之景与后面的意蕴存在着微妙复杂的关联。后来王夫之《姜斋诗话》中提出"兴在有意无意之间",也是突出了"兴"的这层含义。

刘勰认为"兴"的特点是托物寓意,措辞婉转而自成结构,所托之物与所寓之意关系比较隐晦深奥,不像"比"那么明朗易晓,正因如此,"称名也小,取类也大","兴"中之"类"与"比"中之"类"明显地有所不同,后者是外在类比,前者则属意义象征。《文心雕龙·比兴》篇赞语中将"兴"的运用说成"拟容取心",也是强调"兴"的运用在于由表及里地提炼心象、熔铸意蕴。刘勰论"兴"与两汉郑玄等人论"兴"不同,偏重从美学与文学理论角度立言,他批评两汉之诗"兴义销亡":"楚襄信谗,而三闾忠烈,依《诗》制《骚》,讽兼比兴。炎汉虽盛,而辞人夸毗。诗刺道丧,故兴义销亡。于是赋颂先鸣,故比体云构,纷纭杂沓,倍旧章矣。"(《文心雕龙·比兴》)刘勰在"比""兴"二者之间,扬"兴"贬"比"的倾向是十分明显的,他认为"比"只是模仿事物外形的修辞手段,而在寄托情思、抒发忧愤方面,显然是不能与"兴"相提并论的。

钟嵘的《诗品》论"兴",更为大胆创新。他与刘勰一样,将文学创作的动力建立在物情相感的基础上。《诗品序》一开始就提出:"气之动物,物之感人,故摇荡性情,形诸舞咏。"不过与刘勰相比,钟嵘不仅强调自然之景、四时之物对人情感的兴发,而且更加突出社会人事中各种悲欢遭际对人心的感荡作用,将其视为触发诗情的直接动力。在《诗品序》中,钟嵘提出了关于五言诗的审美标准:

> 五言居文词之要,是众作之有滋味者也,故云会于流俗。岂不以指事造形,穷情写物,最为详切者邪。故诗有三义焉:一曰兴,二曰比,三曰赋。文已尽而意有余,兴也;因物喻志,比也;直书其事,寓言写物,赋也。宏斯三义,酌而用之,干之以风力,润之以丹彩,使味之者无极,闻之者动心,是诗之至也。若专用比兴,患在意深,意深则词踬。若但用赋体,患在意浮,意浮则文散,嬉成流移,文无止泊,有芜漫之累矣。

钟嵘在这里对五言诗的作用与功能作了概括。他认为

第一章　先唐之"兴"的生成

五言诗与四言诗相比,后者"文繁而意少",不能表达丰富的内心情志,而五言诗就好多了,它在"指事造形,穷情写物"方面有着强大的功能,拓展了传统的"赋、比、兴"手法。值得注意的是,钟嵘将"兴"从传统的"赋、比、兴"次序中放到首位,大为突出了"兴"的作用,并且将它解释成"文已尽而意有余",这显然与他吸收了魏晋以来"言意之辨"的理论成果有关。"兴"包含着对内心世界的委婉描写与抒发,这种内心之意是难以言说的,它与"以彼物比此物"的"比"有很大不同。刘勰《文心雕龙·比兴》篇论"兴",突出"兴"的"依微以拟议"特点,而钟嵘另辟蹊径,吸取了魏晋以来"言意之辨"的思想,用"意"来说明"兴"的独特内涵,这是一个重要的理论发展。

在钟嵘看来,真正的艺术作品,都是在意蕴深远与文采精美上达到了有效融合。钟嵘称赞《古诗十九首》的风格。他认为阮籍的《咏怀诗》"言在耳目之内,情寄八荒之表",蕴含着魏晋之际诗人的忧思感慨,意在言外,故而"可以陶性灵,发幽思"。相反,对张华的诗则加以批评:"其体华艳,兴托不奇。巧用文字,务为妍冶。"所谓"兴托不奇"也就是意蕴肤浅,徒有外表。

钟嵘认为通过对"赋、比、兴"的完美运用,再加上"风力"与"丹彩"的融入,"使味之者无极,闻之者动心,是诗之至也"。钟嵘提出真正感人的诗歌犹如让人回味无穷的佳肴。钟嵘以"味"论诗,是与他将"兴"建立在"文已尽而意有余"之上的诗学观相关的。到唐代,经过王昌龄、殷璠、刘禹锡等人的发挥与阐述,"意象"理论有了长足的发展,成为新的美学范畴。

第二章　唐之后"兴"的流变

第二章　唐之后"兴"的流变

第一节　唐宋之"兴"

唐宋时代,"兴"这一审美范畴又有了新的发展,随着当时文化的发展,形成新的风貌特征,它兼收并蓄,融教化与审美为一体。唐初陈子昂的"兴寄"论吸收了儒家诗学的"比兴"观与六朝的"感兴"论,此后李白、殷璠在此基础上,倡导清真自然、兴象风神之美,将"兴"这一审美范畴与诗歌繁盛的盛唐的时代气象融为一体,中唐与晚唐时代的皎然、司空图等人,则继承了六朝诗学中"吟咏情性"的观点,将传统的"比兴"说与"诗境"说相结合,注重从审美情趣与韵味相融合的角度去探讨"兴"的美学内涵,从而启发了宋代诗学论"兴"重在清净淡泊的审美观念。当然,正统的儒家诗学,随着唐宋以来封建社会危机的加剧,以及宗法意识形态的改造,不但没有被解构,而且被赋予了新的理论形态与表述方式,例如白居易的"美刺比兴"诗学,以及南宋朱熹《诗集传》中对汉代《毛诗》"比兴"观的重新解释,可以说是对"兴"的再构与发展。严羽《沧浪诗话》,则倡导"兴趣说",对于传统的"兴"术语作了发展。

兴：艺术生命的彰显

一 陈子昂"兴寄论"

唐初统治者吸取了隋代快速灭亡的教训，非常重视总结历史经验，以史为鉴。唐太宗接受了大臣令狐德棻关于修纂史书的建议，指定专人修成《晋书》《梁书》《陈书》《北齐书》《周书》《隋书》等史书。这些史书大都严厉地斥责了六朝末期文学的淫靡，认为这对六朝的衰亡负有不可推卸的责任，提醒人们对这种亡国之音要保持警醒。不过，唐初学者在提倡文章教化的同时，也不废文学的审美与抒情功能。

陈子昂的"兴寄"论正是在这种时代氛围下形成的。陈子昂是唐初著名文学家。他一生坎坷不幸，早年虽中了进士，但并不受朝廷重用。当时武则天当政，陈子昂直言敢谏，屡屡上书，要求革除弊政，但不被采纳。因而陈子昂一直处于政治抱负难以实现的孤独苦闷中，著名的《登幽州台歌》与《感遇诗》就是他这种孤独心态的抒发。陈子昂对"正始之音"的代表作家阮籍的《咏怀诗》产生了强烈的共鸣。他倡导"汉魏风骨"，开一代诗文革新之风气。

陈子昂的文学主张主要可见于他的《修竹篇序》。

第二章 唐之后"兴"的流变

在这篇文章中,他对六朝末期文学的淫靡作了尖锐的批评,同时提出了自己重视"兴寄"的文学主张:

> 文章道弊五百年矣。汉魏风骨,晋宋莫传。然而文献有可征者。仆尝暇时观齐梁间诗,彩丽竞繁,而兴寄都绝,每以永(咏)叹。思古人常恐逶迤颓靡,风雅不作,以耿耿也。一昨于解三处,见明公《咏孤桐篇》,骨气端翔,音情顿挫,光英朗练,有金石声。遂用洗心饰视,发挥幽郁,不图正始之音复睹于兹,可使建安作者相视而笑。

陈子昂这篇文章虽然只是一篇与友人的书札,但从其思想容量来说,却无异于唐代文学革新的宣言。文章首先慨叹"文章道弊五百年矣",这是他对汉魏以来文学发展与衰变的总的概括。陈子昂对晋宋之后文学发展的评价不无偏颇之处,但重要的是他对文学之道的理解与呼唤。他所说的"道"与后来韩愈所说的"道"有所不同,主要指"汉魏风骨"与"正始之音",其中充满着忧患时政、关心社会人生的意蕴。"文章道弊",是指"汉魏风骨"与"正始之音"到了晋宋之后失传了,

兴：艺术生命的彰显

迄至齐梁时代，文风绮靡繁缛，"彩丽竞繁，而兴寄都绝"。他所说的"兴寄"，是指凝聚在诗作中的社会人生内涵。传统的"比兴"一般强调"比显而兴隐"，用形象的手法写出教化的道理，刘勰《文心雕龙·比兴》篇中还持这样的观点，但是陈子昂的"兴寄"概念偏重于个体的感受与寄托，它更多地继承了钟嵘《诗品序》"文已尽而意有余"的美学观，倡导在作品中寄慨遥深，意在言外。这样的"兴寄"在阮籍的《咏怀诗》中表现得最为显著。陈子昂慨叹看了东方虬的《咏孤桐篇》之后，"不图正始之音复睹于兹"。陈子昂的《感遇诗》也体现了追求"兴寄"的风格特征。齐梁时代的文学虽然也重感兴，但是已与建安年代和正始年代文学中深邃沉重的人生意蕴相去甚远，偏重于风花雪月的吟叹。文人与帝王为了逃避末世的忧恐心理折磨，在寄情山水，吟咏绮靡生活中自我陶醉，用由南入北的诗人庾信的诗句来形容，是"眼前一杯酒，谁论身后名？"，"兴"的人文内涵日趋消解，而"兴"的人文内涵如果被消解掉，诗歌与文学也就失去了创作的意义，故陈子昂指责齐梁间诗"彩丽竞繁，而兴寄都绝"，实际上也是对文学价值观要重新约定。

第二章　唐之后"兴"的流变

二　李白与杜甫的诗兴观

　　李白是唐代著名的大诗人,他的文学主张与陈子昂相似,也以复兴诗教为己任。李白与陈子昂相比,在批评齐梁文学重"词采"而忽略"风骨"的方面是一致的,但陈子昂只对"建安风骨"与"正始之音"给予高度评价,对晋宋之后的文学则持否定的态度,李白相对宽和一些。他对晋宋以来的文学中的一些著名诗作,如鲍照、谢灵运、谢朓、谢惠连等人的作品十分欣赏。李白虽然说过"自从建安来,绮丽不足珍"(《古风》[其一]),但是他并不完全否定绮丽之美,只是否定那种雕琢辞令、放弃清新自然的美。李白称道韦太守的诗"清水出芙蓉,天然去雕饰。逸兴横素襟,无时不招寻"(《经乱离后天恩流夜郎忆旧游书怀赠江夏韦太守良宰》)。

　　陈子昂强调"兴寄",李白的"逸兴"则追求率兴而感,他将深挚的思想内容与自然的风格统一起来,认为这样才能继承风骚教化的传统。在《古风》(其三十五)中李白写道:"一曲斐然子,雕虫丧天真。"李白对那种丑女效颦、邯郸学步式的做法无情嘲笑,称赞庄子所说的匠石运斤成风、一气呵成的创作,认为要恢复风骚传统,首先要破除齐梁文学中过于雕琢的风格。他所称道的六朝诗人的作品,大都是像"池塘生春草""澄江静如练"等体现自然英旨的作品。李白诗五言与七言俱用,将诗歌引向意境清新、语言生动的方向。如果说陈子昂强调"兴"中的寄托,因而风格难免晦涩不明朗,而李白则强调"兴"的天真自然、不拘一格;陈子昂的"兴寄"偏重游心内运,而李白之"兴"则偏重外在的感受与吟咏。李白的"兴"不怎么强调"比兴"与"美刺",而是将深刻的社会内容付诸汪洋恣肆的描写之中,它在美学旨趣上,不再是追求意内言外的解读,而是以开放自然的意象和豪放狂肆的情感来感染人、打动人,展现自己的个性风采、胸怀意趣。将《诗》《骚》精神凝聚成外向型的感兴与意象,这是李白不同于陈子昂的地方,也展现了盛唐之音迥异于初唐之音的风格。

在李白诗作中,"兴"主要表达了由内而外的审美感受与体验。李白非常重视用"兴"来作诗。唐刘全白在《故翰林学士李君碣记》中说:"善赋诗,才调逸迈,往往兴会属词,恐古人之善诗者亦不逮。"他用"兴会属词"来说明李白的创作特点是非常恰当的。在李白的作品中,时常可见这种兴会标举的自觉意识,如:"兴

第二章 唐之后"兴"的流变

酣落笔摇五岳,诗成笑傲凌沧洲。"(《江上吟》)"试发清秋兴,因为吴会吟。"(《送鞠十少府》)李白诗作中言及"兴"的,有的是对自然美景的感兴,如:"三山动逸兴。"(《与从侄杭州刺史良游天竺寺》)"感叹发秋兴,长松鸣夜风。"(《岘山怀古》)"我觉秋兴逸,谁云秋兴悲。"(《秋日鲁郡尧祠亭上宴别杜补阙范侍御》)有的则是对社会人事的感叹:"人分千里外,兴在一杯中。"(《江夏别宋之悌》)"还归布山隐,兴入天云高。"(《赠别王山人归布山》)还有的则是对前代人物故事的感兴,如:"昨夜吴中雪,子猷佳兴发。万里浮云卷碧山,青天中道流孤月。"(《答王十二寒夜独酌有怀》)"顿惊谢康乐,诗兴生我衣。"(《酬殷明佐见赠五云裘歌》)"蓬莱文章建安骨,中间小谢又清发。俱怀逸兴壮思飞,欲上青天揽明月。"(《宣州谢朓楼饯别校书叔云》)从这些诗作来看,李白欣赏的"兴"更多地是继承了六朝时谢灵运、谢朓等人之"兴",善于将内心的情思通过意兴的瞬间感发表达出来,其中又蕴含着特定的人生感慨。由于这种"兴"指向生动可观、天真自然的形象,又通过通俗易懂的民歌化的语言显示出来,因而"兴"与"象"的结合也就顺理成章。

清代诗论家翁方纲曾云:"子昂、太白盖皆疾梁陈之艳薄,而思复古道者。然子昂以精深复古,太白以豪放复古,必如此,乃能复古耳。若其揣摹于形迹以求合,奚足言复古乎?"(《石洲诗话》卷一)可见,陈子昂的复古还未能走出"比兴"的模式,而李白的"兴"则以自己的创新真正继承发扬了风骚传统与汉魏文学精神。由他的"兴"论,很自然地通向了盛唐之"兴"。

杜甫也是唐代伟大的诗人。他的诗论立论深刻,内容丰富,被人称作"千古操觚之准绳也"(史炳《杜诗琐证》),其中最著名的是《戏为六绝句》等作。杜甫的诗论与他的诗歌创作一样,受"安史之乱"后社会动荡、身世飘零的影响,具有很深的忧患国事、关心民瘼的特点。他曾称赞元结的《舂陵行》和《贼退示官吏》二首诗,在《同元使君舂陵行》一诗并序中说:"不意复见比兴体制,微婉顿挫之词,感而有诗。"可见他对元结的"比兴"讽刺是持肯定态度的,他自己创作的许多诗,如著名的"三吏""三别"中也寓含着"比兴"精神。但他没有回到以"比兴"涵括诗学的老路,而是进行了创新。在对待六朝文学方面,他超出了唐代许多人的见解,对六朝诗歌的声律和词采等形式之美采取了有选择

第二章 唐之后"兴"的流变

地继承吸收的态度。在《戏为六绝句》中,杜甫说:"不薄今人爱古人,清词丽句必为邻。""别裁伪体亲风雅,转益多师是汝师。"杜甫不仅对六朝诗歌的形式之美大胆借鉴,而且对六朝诗论与美学倡导的"兴会""感兴"也十分赞赏。在六朝诗论与美学中,对神韵的崇尚是一个重要的特点。六朝美学与两汉美学的一个明显的不同之处,是从表现形质转到对内在神韵的追求上,东晋顾恺之与南朝谢赫等人的画论,以及刘勰等人的文论,即已明确提倡"以形写神""传神写照""神与物游"之说。从表现对象来说,六朝美学将人物内在的精神气质作为最高的审美层次,从创作主体来说,则倡导"应会感神""万趣融其神思",即以直观感兴的态度来捕捉并表现对象的内在精神之美。杜甫论诗,也十分重视用"神"这个概念来表现创作时全神贯注、心物一体的神妙境界。例如,在他的诗歌中,有许多这样的描述:

> 感激时将晚,苍茫兴有神。(《上韦左相二十韵》)
> 醉里从为客,诗成觉有神。(《独酌成诗》)
> 草书何太古,诗兴不无神。(《寄张十二山人彪三十韵》)

> 诗应有神助，吾得及春游。(《游修觉寺》)
> 挥翰绮绣扬，篇什若有神。(《八哀诗》)
> 乃知盖代手，才力老益神。(《寄薛三郎中据》)

从这些诗句来看，杜甫通过自己的创作经验与体会，意识到在作诗过程中有一种天机自动的境界，它不假思索，兴会神到，而感兴则是入神的必备心理条件。杜甫也赞同元结等人"比兴刺讥"的创作理念，但他本人更赞扬的是六朝的兴会神到、无所依傍的创作状态。他的《秋兴》诗也正是以秋发兴，抒发自己对国事与身世的无限感叹。杜甫以自己的创作实践与体会，对六朝以来的"感兴"说，作了新的发挥。

三 白居易的"比兴"讽喻论

白居易是中唐时期的著名诗人，也是新乐府运动的代表人物。他的诗论结合中唐时代文学发展的情况，对先秦两汉以来儒家的"风雅"与"美刺"传统作了新的发挥，是自汉末诗教衰落以来对文学讽喻传统的再度弘扬，其思想比陈子昂、李白更为激切。

第二章 唐之后"兴"的流变

白居易的创作生涯,与他的文学主张与美学观念密切相关。他在任左拾遗时期,屡屡上书,指陈朝廷的弊政,还写了很多"惟歌生民病,愿得天子知"的讽喻诗,希望感动皇帝革除弊政,结果得罪了皇帝和权贵,白居易在四十四岁那年被贬为江州司马。此后白居易失去了早期锐意进取的精神,采取了明哲保身的态度。

白居易认为,诗歌要达到讽刺时政、革除弊政的目的,必须通过《毛诗序》所说的"美刺"来实现。他在《采诗官》中说:"欲开壅蔽达人情,先向歌诗求讽刺。"白居易强调诗与民谣一样,可以起到沟通民情、传递下情的作用,认为皇帝应该利用诗歌来听取下情。白居易在《与元九书》中认为,周代之后,这种通过诗歌来观风俗、知得失的传统逐渐被丢弃,庙堂上充斥着阿谀奉承之作。白居易认为诗歌创作的当务之急不是歌功颂德,也不是"吟咏情性",而是恢复讽谏精神,使诗歌的作用建立在谏诤精神之上。

> 洎周衰秦兴,采诗官废,上不以诗补察时政,下不以歌泄导人情,乃至于谄成之风动,救失之道缺,于时,六义始刓矣。

兴：艺术生命的彰显

国风变为骚辞，五言始于苏、李。苏、李、骚人，皆不遇者，各系其志，发而为文。故"河梁"之句，止于伤别；"泽畔"之吟，归于怨思。彷徨抑郁，不暇及他耳。然去《诗》未远，梗概尚存。故兴离别则引"双凫""一雁"为喻，讽君子小人则引香草、恶鸟为比，虽义类不具，犹得风人之什二三焉。于时，六义始缺矣。

晋、宋以还，得者盖寡。以康乐之奥博，多溺于山水；以渊明之高古，偏放于田园。江、鲍之流，又狭于此。如梁鸿《五噫》之例者，百无一二焉。于时，六义浸微矣，陵夷矣。

至于梁、陈间，率不过嘲风雪、弄花草而已。噫！风雪花草之物，《三百篇》中岂舍之乎？顾所用何如耳。设如"北风其凉"，假风以刺威虐也；"雨雪霏霏"，因雪以愍征役也；"棠棣之华"，感华以讽兄弟也；"采采芣苢"，美草以乐有子也。皆兴发于此，而义归于彼。反是者，可乎哉？然则"余霞散成绮，澄江静如练"，"离花先委露，别叶乍辞风"之什，丽则丽矣，吾不知其所讽焉。故仆所谓嘲风雪、弄花草而已。于时，六义尽去矣。（《与元九书》）

第二章 唐之后"兴"的流变

白居易这段论述是对先秦以来文学发展的重新评价。从方法上来说,这与两汉儒家诗教有些接近。在其他的一些诗作中,白居易也多次将"风、雅、比、兴"作为诗学之正宗。在《读张籍古乐府》中,他说:"为诗意如何?六义互铺陈。风雅比兴外,未尝著空文。"白居易将"风、雅、比、兴"作为"六义"的精髓所在,并作为评判前代与当时诗作的重要尺度。在他看来,自秦代以来,诗歌中的"风、雅、比、兴"就日渐沦丧,但像汉代苏武、李陵的一些五言诗,还算有一些"风、雅、比、兴"的遗风,苏、李古诗中一些"比兴"的运用,"虽义类不具,犹得风人之什二三焉"。但晋、宋以来,诗人们忘却了"六义",沉溺于山水田园,即使如陶渊明这样的诗人也未得"比兴"之真谛。白居易对六朝人之"兴"是看不起的,将它与"风、雅、比、兴"中之"兴"对立起来,认为六朝缘情而兴,只是为了表现风花雪月,脱离了社会意义,"比兴"之重要,就在于服从"美刺"之需要,如果没有讽谏内涵,即使是华丽动人,也是没有价值的。白居易继承发展了先秦两汉儒家的文论思想,认为"比兴"应是"裨补时阙"的文学表现手法与修辞手法。

白居易认为唐朝建立后约二百年时间中,诗人不可胜数,但唯有陈子昂《感遇诗》与鲍防的《感兴诗》可以称道。对于李白、杜甫,他也颇有微词,认为他们的诗作在"美刺比兴"上做得不够,特别是"李之作,才矣奇矣,人不逮矣,索其风雅比兴,十无一焉"。白居易为了实现诗的这一效果,力图创造一种新的诗体,"自拾遗来,凡所遇所感,关于美刺兴比者,又自武德讫(迄)元和因事立题,题为《新乐府》者,共一百五十首,谓之讽喻诗"(《与元九书》)。白居易这些论述在中国古代文论史上有重要意义,它标志着中国古代文论与美学中"兴"的范畴在历经汉末魏晋六朝以来的嬗变之后,由于时代的转变,再度向着"美刺"的方向靠拢。

四 朱熹对"兴"的重新解释

朱熹是南宋著名的理学家,同时也是一位文学造诣很深的文学理论家。他的《诗集传》《楚辞集注》对传统诗学之"兴"作了全面的发展。朱熹论"兴",善于从创作手法的角度去论述"兴"的一般特征。他说:"比是以一物比一物,而所指之事常在言外;兴是借彼一物

第二章 唐之后"兴"的流变

以引起此事,而其事常在下句。但比意虽切而却浅,兴意虽阔而味长。"(《朱子语类》卷八十)朱熹最重"兴":"比虽是较切,然兴却意较深远。""《诗》之兴,最不紧要,然兴起人意处正在兴。会得诗人之兴,便有一格长。"(同上)朱熹认为"兴"的作用重在对人之情性的引发与感化,所谓"兴"也就是情性的潜移默化。

朱熹论"兴",敢于摆脱《毛诗序》的模式,反对将《诗经》中的许多篇章纳入"美刺"范围。朱熹认为:"大率古人作诗,与今人作诗一般,其间亦自有感物道情,吟咏情性。几时尽是讥刺他人?只缘序者立例,篇篇要作美刺说,将诗人意思尽穿凿坏了。……必欲如《序》者之意,宁失诗人之本意不恤也,此是《序》者大害处。"(《朱子语类》卷八十)《毛诗序》之所以要用"美刺比兴"来解释《诗经》,是缘于在封建大一统时代,君权至高无上,因此要用儒家学说及天人感应的理论来约束君权,使封建统治在儒家的"天人合一"与中庸文化的庇护下得以维护和稳定,这是中国古代政治制衡的一种机制。同时,汉代统治者对"美刺比兴"说的容忍,也说明这个阶段的统治者还有相对宽容的一面,能接受这种缘自《诗经》的批评精神。到唐代,白居易还发扬了这种"美刺比兴"的精神。但到了宋代,一方面是文网日紧,文士们因文字罹祸屡见不鲜,另一方面则是理学对批评精神的消解,一些文人在"惟务养性情"的心境下,对社会不平之事的批判精神不如前代。在这种背景下,朱熹有意识地对《诗经》中的怨刺精神以及《毛诗》的"美刺"说法进行了剔除,重点突出《诗经》是涵养性情的教科书。

朱熹对《毛诗》中对"兴"的解释也作了很大的改造。他改变了《毛诗》只标"兴"不标"赋"与"比"的做法,也不像《毛诗》中每首诗只在一处标"兴",而是逐章分别标以"赋""比""兴"。对《诗经》,他共分成1141章,其中标"赋"者726章,标"比"者110章,标"兴"者则有274章。值得注意的是,朱熹对《毛诗》所标的116首"兴"诗的标注加以调整,将其中的19处改标为"赋",28处改标为"比",3处改标为兼类,即让人不知所云的"比而兴""兴而比""赋而兴"之类。朱熹这么做,当然是有其深意的。从《诗集传》的写作指导思想来说,朱熹是想淡化乃至消解《诗经》中的愤慨不平之情,对孔子的"诗可以怨"的思想也采取避而不谈的方式,重点是想将《诗经》变成涵养性情,宣扬

第二章　唐之后"兴"的流变

"存天理,灭人欲"的教科书。他对"比兴"的重新解说,离不开这种总体上的考虑。朱熹减少"兴"诗而增加"比"诗,是因为"比"更能突出诗教,使容易产生歧义的"兴"诗意思更加明确,可以作为他所谓的理学教材。

朱熹在对《周南·关雎》第一章的解释中提出:

> 兴者,先言他物以引起所咏之词也。周之文王生有圣德,又得圣女姒氏以为之配。宫中之人,于其始至,见其有幽闲贞静之德,故作是诗。言彼关关然之雎鸠,则相与和鸣于河洲之上矣。此窈窕之淑女,则岂非君子之善匹乎?

再看朱熹首次论"比",是在《周南·螽斯》第一章之后:

> 比者,以彼物比此物也。后妃不妒忌而子孙众多,故众妾以螽斯之群处和集而子孙众多比之,言其有是德而宜有是福也。后凡言比者放(仿)此。

从这里引述的《诗集传》中论"比兴"的两段话

中,我们可以看出,朱熹论"兴"与论"比",都是着眼于政教角度,其功利性甚于《毛诗》。所谓"比"与"兴",在朱熹看来,只是表现手法有所不同而已,"比"是直比其事,而"兴"则是先言他物以引起所咏之词。朱熹在《诗集传序》中谈到学诗以涵养性情时说:"章句以纲之,训诂以纪之,讽咏以昌之,涵濡以体之。察之情性隐微之间,审之言行枢机之始,则修身及家、平均天下之道,其亦不待他求而得之于此矣。"朱熹强调对于《诗经》的学习与领会,须从几个方面着眼,即章句、训诂的解读,对诗句的诵读吟咏,心胸人格的涵濡,将外在的语言解读与内在的性情涵养结合起来,以培育人格精神,进而可得修身齐家治国平天下之道。朱熹对"比兴"术语的重新解释,将其引入了理学的修养思想当中。

五 《沧浪诗话》的"兴趣"说

严羽,字仪卿,自号沧浪逋客,生活于南宋后期,不仕。在中国古典美学史上,严羽的《沧浪诗话》具有独特的地位,它对于中国美学的一些基本特点,如重视感

第二章 唐之后"兴"的流变

悟,强调审美心理体验,以及诗的艺术特点,都作了不同于前人的阐发。《沧浪诗话》是继《礼记·乐记》《文心雕龙》《二十四诗品》之后,中国古代美学史上又一部重要作品。

《沧浪诗话》的美学思想有着鲜明的时代特征。严羽所处的南宋末年,奸臣当道,国君昏昧,他无以报国,只好将满腔的忧愤倾注在对文艺现象的研究上,意图通过对盛唐之音的倡导来唤醒时代精神。《沧浪诗话》的宗旨是总结晚唐以来五、七言诗之发展,揭示诗的本质特征,树立盛唐的榜样,以矫正宋诗末流之弊。严羽在《诗辨》一篇中说:

> 夫诗有别材,非关书也;诗有别趣,非关理也;然非多读书,多穷理,则不能极其至。所谓不涉理路、不落言筌者,上也。诗者,吟咏情性也。盛唐诸人惟在兴趣,羚羊挂角,无迹可求。故其妙处透彻玲珑,不可凑泊,如空中之音,相中之色,水中之月,镜中之象,言有尽而意无穷。近代诸公乃作奇特解会,遂以文字为诗,以才学为诗,以议论为诗,夫岂不工,终非古人之诗也,盖于一唱三叹之音有所歉焉。且其

兴：艺术生命的彰显

作多务使事，不问兴致，用字必有来历，押韵必有出处，读之反复终篇，不知着到何处。

严羽认为作诗需要有不同于做学问的才学与兴趣，同时诗人要善于将"才"与"理"融会在审美感兴之中，如"盛唐诸人惟在兴趣"，这样作的诗才是好诗。严羽指责宋代江西诗派之作"多务使事，不问兴致"，可以说是击中要害。

严羽并不否定才学与理性，但他认为这种才学与理性必须为自己的兴趣所融化、吸收，而不是主体人格为外在的才学所逼退。严羽在《诗评》一篇中说："诗有词、理、意兴。南朝人尚词而病于理；本朝人尚理而病于意兴；唐人尚意兴而理在其中；汉魏之诗，词、理、意兴无迹可求。"严羽用比较的方式说明了自汉魏以来诗人们在对待"词、理、意兴"三者时的不同态度。南朝人尚"词"但是忽视"理"也就是思想内容，有重形式的问题；宋代人的毛病则是恰恰相反，尚"理"而缺少"意兴"，淡乎寡味；最好的例子则是唐人的诗尚"意兴"而"理"在其中，这样的诗才能体现出自然神韵，实现诗之旨趣。

第二章 唐之后"兴"的流变

严羽在《诗辨》中还提出了学习盛唐之音的主张。在他看来,学诗的第一步免不了要以经典作品为参照,如若第一步未能选择上乘之作,很容易走入旁门左道,再改过来就很难了。所以他在《诗辨》中说:"夫学诗者以识为主,入门须正,立志须高。以汉魏晋盛唐为师,不作开元、天宝以下人物。若自退屈,即有下劣诗魔入其肺腑之间,由立志之不高也。行有未至,可加工力;路头一差,愈骛愈远,由入门之不正也。"严羽认为,学诗的入门是非常重要的,行有未至可以通过努力来达到,但是如果方向错了,那么愈用力则离目标愈远。他推崇汉魏及盛唐诗人的作品,而对于开元、天宝之后的作品则持菲薄的态度。严羽在《诗评》中,曾有不少地方对比盛唐之音与中唐诗歌:"李(白)、杜(甫)数公如金鶻擘海、香象渡河。下视(孟)郊、(贾)岛辈,直虫吟草间耳。""高(适)、岑(参)之诗悲壮,读之使人感慨;孟郊之诗刻苦,读之使人不欢。"严羽对高适、岑参之诗的偏爱与鄙弃孟郊等人的诗作,也是出于他对时代强音的呼唤与对现实的不满。他不赞同宋代许多文人倡导的平淡之美的趣味。他所钟情的李、杜与高、岑,或雄浑悲壮,或沉着痛快,都是盛唐之音的显示。

严羽的"兴趣"说是对中国古代美学中"兴"范畴的发展。汉代人论"兴",重在"美刺比兴";六朝人尚"兴"重在缘情感物;唐朝人好"兴",重在感兴骋情;而严羽所推崇的"盛唐诸人惟在兴趣",不仅是对盛唐诗人创作精神的概括,更重要的是借诠释唐诗来倡举他心目中的审美理想。就这一点来说,"兴趣"这一审美范畴的提出,在文论史上具有振聋发聩、指摘时弊的意义。

第二节 元明清"兴"的发展

元、明、清时代,文学理论出现了众多的流派与思潮,因而"兴"也被众多的诗论家所阐发,形成了一些颇有影响的诗学主张。比较有代表性的是明清时代的"格调"说、"性灵"说与"神韵"说。这些诗论在构筑自己的理论体系时,都对中国传统文论情物关系的肯綮"比兴"之说作了发挥,使"比兴"范畴又得到了丰富与发展。尤其是在明清换代之际剧烈的时世变化的促动下,陈子龙、王夫之等富有忧患意识的志士仁人对传统文论进行

第二章 唐之后"兴"的流变

了全面的反思,提出了深刻的理论见解。这些文学思想,较之此前文人的坐而论诗,具有更广博深沉的人文内涵,深得中国古典诗学之精髓。

一 明代诗论对"兴"的发展

"性灵"说以明代公安派袁宏道为代表人物,它以"独抒性灵,不拘格套"为核心。它的产生,是明代文学思想解放运动的产物,是在徐渭、李贽等人影响下形成的。"性灵"说论"兴",将狂傲个性与激烈情感作为艺术感兴的内涵,大大延伸了"兴"之中的生命张力。下面主要介绍徐渭和李贽对"兴"范畴的发展。

徐渭,字文长,是明代后期文学解放思潮中的一位先驱性的人物。他多才多艺,诗、画、文、曲无所不通,也是一位多产的作家。徐渭由于个性倔强,不合世俗,一生坎坷,其文章与戏曲绘画作品,成了内心愤慨的宣泄。徐渭从推崇个体情性创作的文艺观念出发,在《论中·四》中提出:

> 夫词其始也,而贵于词者曰兴也。故词,一也,

兴：艺术生命的彰显

> 古之字于词者如彼而人兴，今之字于词者如此而人亦兴，兴一也而字二耳。兴一而字二者，古字艰，艰生解，解生易，易生不古矣。不古者，俗矣。古句弥难，难生解，解生多，多又生多，多生不古，不古生不劲矣。是时使然也，非可不然而故然之也，兴不兴不系也。故夫诗也者，古《康衢》也，今渐而里之优唱也；古《坟》也，今渐而里唱者之所谓宾之白也，悉时然也，非可不然而故然之也。

徐渭认为"兴"是随时代而发展的范畴。古代有古代之"兴"，《康衢》《坟》这些古诗文是当时人之"兴"，能感动当时人，但在今天，这些古诗文已不能感动今人了，今天感动人的是那些优唱宾白。徐渭从时代发展的角度，对文学的革新与发展作出了不同于前、后"七子"的解答。徐渭将"兴观群怨"之"兴"作为时代审美感兴的标准，这种"兴"是随着人们生命意识的张扬而得到体认的，而不是作为僵化的偶像来被顶礼膜拜的。

更可贵的是，徐渭对"兴观群怨"的理解也不同于传统的解释，而是从抒发真实情感的角度去说的。此前人们论"兴观群怨"，大多是从"温柔敦厚"的诗教

第二章 唐之后"兴"的流变

角度去说,而徐渭则对孔子的"兴观群怨"之"兴"作了全新的发挥,认为"兴"是人的个性生命精神的爆发。在《答许北口》一文中他说:

> 试取所选者读之,果能如冷水浇背,陡然一惊,便是兴观群怨之品;如其不然,便不是矣。

徐渭所说的"兴观群怨",实际上是指那种愤慨激昂、一反"中和"之美的情感。他认为只有这种情感才最能打动人。徐渭的创作也体现出这种冲突之美。在明代后期的浪漫主义文学潮流中,以冲突的美代替平和中正之美,以更加打动人,是中国古代美学精神的一个重大演变。徐渭以自己的创作与理论主张,对中国传统文论的变革起了重要作用。

明后期著名的思想家与文学家李贽,对当时的思想解放潮流作了进一步的推动。李贽的思想在一定程度上代表了封建社会后期工商市民阶层的利益。李贽的思想,如果要归纳成一点,那就是崇尚个性,推举真实,追求自由。

李贽对长期统治文坛的《毛诗序》"发乎情,止乎礼义"的说法提出了挑战。他在《焚书·读律肤说》一文中认为：

> 盖声色之来，发于情性，由乎自然，是可以牵合矫强而致乎？故自然发于情性，则自然止乎礼义，非情性之外复有礼义可止也。惟矫强乃失之，故以自然之为美耳。又非于情性之外复有所谓自然而然也。故性格清彻者音调自然宣畅，性格舒徐者音调自然疏缓，旷达者自然浩荡，雄迈者自然壮烈，沉郁者自然悲酸，古怪者自然奇绝。有是格便有是调，皆情性自然之谓也。莫不有情，莫不有性，而可以一律求之哉？

李贽从风格的多样性角度说明只要出于真情，无论是宣畅、疏缓、浩荡、壮烈……，都属于美的，而只有那种扭曲自己本性的作品才是丑的。出于自然真心的作品，也超越了功利的因素，故能达到天工自然、不着痕迹的境界。

李贽继承了孔子的"诗可以怨"与司马迁"发愤著书"的创作观，认为怨愤出诗人。当人遭受各种压制与不幸时，创作出来的作品往往更容易打动人，即韩愈

第二章 唐之后"兴"的流变

所说的:"欢愉之辞难工,而穷苦之言易好。"李贽提出:

> 且夫世之真能文者,比其初皆非有意于为文也。其胸中有如许无状可怪之事,其喉间有如许欲吐而不敢吐之物,其口头又时时有许多欲语而莫可所以告语之处,蓄极积久,势不能遏。一旦见景生情,触目兴叹,夺他人之酒杯,浇自己之垒块,诉心中之不平,感数奇于千载。(《焚书·杂说》)

李贽倡举冲突之美、狂狷之美,他认为好的作品应该有助于改造社会,解放人性,但前提是创作者要有自己的人格与个性,而不是人云亦云。李贽在《藏书·司马迁》中说:

> 夫所谓作者,谓其兴于有感而志不容已,或情有所激而词不可缓之谓也。

李贽认为司马迁的著作《史记》正是有感而发,这样的作品才对世道人心有所裨补。在另一处他还说:"夫天下之善文章,如良医之善用药,古今天下亦不少矣。"

(《焚书·曹公二首》)李贽的这些见解,具有鲜明的时代特点,对中国传统文学理论作出了自己的贡献。

二 王夫之论"兴"

王夫之是明清之际诗学的重要人物。王夫之,号姜斋,他生活于明末清初,目睹了明朝的衰落,也参加了明清之际的反清斗争,明亡后隐居湖南衡阳石船山著书。他对明代文坛的思想解放与前、后"七子"的复古主义文学主张都不赞同,他的诗学立足于重建传统诗教的角度,对文艺问题作了新的反思与论述。王夫之在《姜斋诗话》卷一中说:

> "诗,可以兴,可以观,可以群,可以怨",尽矣。辨汉魏唐宋之雅俗得失以此。读《三百篇》者必此也。"可以"云者,随所"以"而皆"可"也。于所兴而可观,其兴也深;于所观而可兴,其观也审。以其群者而怨,怨愈不忘;以其怨者而群,群乃益挚。出于四情之外,以生起四情;游于四情之中,情无所窒。作者用一致之思,读者各以其情而自得。

第二章　唐之后"兴"的流变

王夫之对孔子的"兴观群怨"之说作了新的解释与发挥,认为"兴观群怨"四者有着内在联系。他首先强调"兴观群怨"是读者的一种鉴赏活动,这种鉴赏活动有着强烈的主观性,"人情之游也无涯,而各以其情遇,斯所贵于有诗"(《姜斋诗话》卷一)。人们在鉴赏过程中,往往是各得其所,而各得其所的基础是"兴"的驱使。"兴"是一种审美情感,而"观""群""怨"是建立在"兴"基础之上的审美活动。这种情感活动又与认识、教育、陶冶等活动相融合,故四者可以互相渗透,互相促进。"兴"中有观,其兴必深,因为这种感兴之情不再是个人的风花雪月,而是积淀着丰厚的人生与社会哲理。同样,"观"中有"兴",其"观"必审,因为艺术的认识功能只有通过强烈的情感作用才能实现与升华。

王夫之对阮籍《咏怀诗》艺术魅力的论述是十分有识见的:

> 唯此宵宵摇摇之中,有一切真情在内,可兴,可观,可群,可怨,是以有取于诗。然因此而诗,则又往往缘景,缘事,缘已往,缘未来,终年苦吟而不能自道。

以追光蹑景之笔,写通天尽人之怀,是诗家正法眼藏。(《古诗评选》卷四)

在王夫之看来,阮籍《咏怀诗》打动人心之处,正在于通过一己之情,写出了天道人生,写出了时代悲剧与个人命运,因而使读者"可兴,可观,可群,可怨",回味无穷,他认为这才是"诗家正法眼藏",即诗歌创作的样板。王夫之提出:

> 能兴即谓之豪杰。兴者,性之生乎气者也。拖沓委顺,当世之然而然,不然而不然,终日劳而不能度越于禄位田宅妻子之中,数米计薪,日以挫其志气,仰视天而不知其高,俯视地而不知其厚,虽觉如梦,虽视如盲,虽勤动其四体而心不灵,惟不兴故也。圣人以诗教以荡涤其浊心,震其暮气,纳之于豪杰而后期之以圣贤,此救人道于乱世之大权也。(《俟解》)

王夫之在这里将诗的"兴观群怨"与人格培育结合起来,可以说是对孔子"兴观群怨"之说的新发展。他认为"兴"是关乎人的生命意识与朝气之所在,一

第二章 唐之后"兴"的流变

个人倘若心胸狭隘,志气萎靡,终日为身边琐事所纠缠,就必然不能起兴;同时,这种心胸也是与该人长期缺少诗教所致,长此以往,则变得浑浑噩噩,宛如行尸走肉。因此,圣人以诗教振奋人心,使人们能够从日常生活的琐屑与无奈中解放出来。王夫之认为,在当时风雨飘摇之世,这是圣人救世至要。在《张子正蒙注·乐器篇》中,王夫之也提出:

> 诗乐之合一以象功。学者学诗则学乐,兴与成,始终同其条理。惟其兴发志意于先王之盛德大业,则动静交养,以畅于四支,发于事业,蔑不成矣。

从这些话语中可以看出,王夫之论诗的"兴观群怨"具有明显的时代意识,他痛心疾首于当时的世风沦丧,人心飘荡,希图用诗教来感染人心,这表现了他深重的文化忧患意识。

三 王士禛的"兴会神到"说

王士禛是清初著名诗人与诗论家。著有《带经堂诗话》等诗论著作,另编选有《古诗选》《十种唐诗选》《唐贤三昧集》等等。王士禛论诗,力倡"神韵"说。"神韵"作为绘画美学批评的术语,早在南朝谢赫的《古画品录》与唐人张彦远的《历代名画记·论画六法》中就已出现,大致是指绘画中所传达的人物精神气韵之美。宋代严羽《沧浪诗话》中提出:"诗之极致有一,曰入神。"明代诗论家胡应麟等人亦以此概念批评诗歌,大致是指"兴象风神"一类。但王士禛专标"神韵",并且将其作为诗歌最高的审美意境,却是有其深意的。他说:

> 表圣论诗有《二十四品》,予最喜"不著一字,尽得风流"八字。又云"采采流水,蓬蓬远春",二语形容诗境亦绝妙,正与戴容州"蓝田日暖,良玉生烟"八字同旨。(《香祖笔记》卷八)

王士禛将"神韵"说与唐末司空图与南宋严羽的诗学相契合,他之所谓"神韵",是指中国古典诗歌中受道家与禅宗影响下形成的一派,代表诗人有唐代的王维、裴迪与孟浩然等。

王士禛既然将"神韵"作为一种诗境来推崇,"兴会"

第二章 唐之后"兴"的流变

之说就成了他论创作主体的主要理论支点。首先,他将六朝的"兴会"说作为与"神韵"说相融的创作态度。在《渔洋诗话》卷上云:

> 萧子显云:"登高极目,临水送归。蚤(早)雁初莺,花开叶落,有来斯应,每不能已。须其自来,不以力构。"王士源序孟浩然诗云:"每有制作,伫兴而就。"余生平服膺此言,故未尝为人强作,亦不耐为和韵诗也。

王士禛称赞萧子显与王士源的诗论,认为自己生平最喜欢自然感兴的诗作。在诗评中,他屡屡推举那些"兴会神到"的诗,将其他流派的诗搁置不论。他编的《唐贤三昧集》竟然将李白、杜甫的诗摒斥在外,白居易诸人更是受到拒斥,这就有点片面了。

王士禛在《渔洋诗话》卷上中叹赏:"古人诗只取兴会超妙,不似后人章句,但作记里鼓也。"王士禛在《古夫于亭杂录》卷三中还称赞王维《送梓州李使君》诗句"万壑树参天,千山响杜鹃。山中一夜雨,树杪百重泉"为"兴来神来,天然入妙,不可凑泊"。从这些摘句批评中可以看出,王士禛论"神韵",一是指诗人"兴会神到"的创作态度,他之所谓"伫兴"是指成竹在胸、偶然兴发的创作过程。这种见解,也看到了诗歌创作中经常出现的灵感心理现象,在这种心态下产生的诗作往往具有自然天成、超乎寻常的佳句妙言。王士禛论"神韵",二是强调创作"兴会神到"之诗不可胶柱鼓瑟、刻舟求剑、死抠字眼。应当说,王士禛论诗歌内在规律是有一定道理的。但这些说法存在以偏概全的毛病。"兴会神到"是创作好诗的条件,但"沉思忧郁"也未尝不是佳篇的摇篮。清代袁枚《随园诗话》卷四中就提出:"二者不可偏废,盖诗有从天籁来者,有从人巧得者,不可执一以求。"而且"兴会神到"与"沉思忧郁"二者也不是截然分开的,杜甫之诗就很好地将二者结合在一起,既沉郁悲凉又兴会神到。中国古代很多优秀诗歌来自"诗可以怨",而不仅仅是王士禛所标举的冲淡超逸之兴。

王士禛认为,诗人的"兴会神到"并不是率尔而就的,而是须与平时的学问积累相结合。他曾说:

> 夫诗之道,有根柢焉,有兴会焉,二者率不可得兼。

第二章 唐之后"兴"的流变

> 镜中之象,水中之月,相中之色,羚羊挂角,无迹可求,此兴会也。本之《风》《雅》以导其源,溯之楚《骚》、汉魏乐府诗以达其流,博之九经、三史、诸子以穷其变,此根柢也。根柢原于学问,兴会发于性情。于斯二者兼之,又幹以风骨,润以丹青,谐以金石,故能衔华佩实,大放厥词,自名一家。(《带经堂诗话》卷三)

王士禛强调作诗以"兴会神到"为天分,同时又须以学问积累为基础,应潜心学习《诗经》、《楚辞》、汉魏古诗,并博通经史百家,以使学问广博,作诗时再施以风骨与词采,方能自成一家。这种观点应当说是很有见地的。

第三章 "兴"的结构阐释

第三章 "兴"的结构阐释

"兴"是中国古典美学中最能反映中国文化特征的范畴,它的基本特点是中国传统文化中天人合一、观物取象等思维方式融会到艺术创作过程中。"兴"以缘情感物、借景抒情的美感心理方式,浓缩了传统艺术创作的奥秘,其结构呈现出历史与逻辑相一致的特点。这就是从最早的"比兴"托喻之辞,演化充实为感兴寄托与意在言外的内涵。"兴"从创作对象的角度来说,倡导缘物而感;从作者主观方面来说,提倡寓情写意;从主客观合一的作品层面来说,则推崇意在言外、回味无穷的审美境界。这三重意义,浑然融化成中国美学关于文艺创作的基本范畴,是中国文化特质在美学上的汇聚。

第一节 "比兴"术语的比较

最早时的"兴"往往是作为托喻之辞而被赋予意义的。郑玄在《周礼注》中说:"赋之言铺,直铺陈今之政教善恶。比,见今之失,不敢斥言,取比类以言之。兴,见今之美,嫌于媚谀,取善事以喻劝之。"又引郑众的话说:"比者,比方于物也;兴者,托事于物。"这段话的意思是说,所谓"赋"是直接铺陈统治者的政教善恶,无所隐匿,"比"则是因为不敢直接批评统治者,所以要引用同类的事来进行说明,"兴"则是为了颂美当今统治者又要避开媚谀,所以采用婉曲的方式来颂美。汉儒将《诗经》视为一部教化天下、提升人们人格修养的经书,他们关注的重点是如何发挥这部经书的政教意义,实现他们心中的王道之治。

汉代经学家论"比兴",多是从"美刺"的角度去谈的。由于强调"比兴"是臣子对帝王的讽谏方式,因而《诗经》中缘情起物的"兴",也就被与政教需要相结合。《毛诗序》提出"上以风化下,下以风刺上",但是它又强调这种讽谏必须掌握好尺度,不能过分。所以又强调:"主文而谲谏,言之者无罪,闻之者足以戒。"《毛诗序》的作者实际上是在提醒人们,诗可以怨,但对统治者的讽刺要温和含蓄、旁敲侧击,以顾全帝王的颜面。这种关系实际上反映了在汉代的封建制度中,作为《诗经》传授者的知识分子处在森严的君臣纲常关系中,不得不采取这种手法。郑玄在《六艺论》中就曾说:"诗者,弦歌讽喻之声也。自书契之兴,朴略尚质。面称不为谄,

第三章 "兴"的结构阐释

目谏不为谤,君臣之接,如朋友然,在于恳诚而已。斯道稍衰,奸伪以生,上下相犯。及其制礼,尊君卑臣。君道刚严,臣道柔顺。于是箴谏者希(稀),情志不通,故作诗者以诵其美而讥其过。"依照郑玄的说法,诗的"弦歌讽喻之声"的性质是在历史的环境中形成的,在上古年代中,君臣之序未严,人们议论直谏也无妨,但在礼制严密之后,君臣之序森严,臣子进谏只好采用委婉曲致的方法,而《诗经》的"比兴"为诗的手法恰好符合这种需要。《汉书·儒林传》中记载王式为昌邑王师傅,曾用《诗经》三百零五篇作谏,成为后世所谓"诗谏"的先例。

东汉晚期,随着当时的政治与文化情势的变迁,士人对于传统的"比兴"术语开始了重新解释。"比兴"开始了分道与独立的趋向。"兴"在演变中,从托喻之辞逐渐向着感物起情、寄兴寓意的方向发展,其意义逐渐延伸拓展。

汉末魏晋以来,人们谈"兴",一方面继承了传统的"比兴"皆托喻的说法,从"六义"的角度去看待"比兴"问题,另一方面则试图将"兴"从"比"中剥离出来。

西晋文人挚虞在《文章流别论》中说:"赋者,敷陈之称也。比者,喻类之言也。兴者,有感之辞也。"挚虞认为"比"是喻类之言,而"兴"则是有感之辞。挚虞并没有否定传统的"六义"之说,而是强调"然则雅音之韵,四言为正,其余虽备曲折之体,而非音之正也"。但是他认识到"兴"与"比"相比,是缘心感物的审美体验的过程,"兴"中也有喻,但是从本质特征来说,它却是有感之辞。所谓"有感之辞",也就是说它是自然而然产生的审美体验,是自觉出现的。无感而发,即便言志载道,也是无兴而谈的。挚虞的这一观点对于六朝时人们对"兴"认识的解放,具有重要的启发意义。它也是受到当时"任情而动"、率兴而发的社会思潮与时代风尚的感染。

当时,将"兴"与应感之说联系起来考察,成为论"兴"的重要观点。刘勰《文心雕龙·比兴》篇中说:"起情者,依微以拟议。起情故兴体以立,附理故比例以生。……观夫兴之托谕,婉而成章,称名也小,取类也大。"刘勰兼顾"兴"的托喻与缘情兴感之间的关系,力图调和感发志意与托喻微讽之间的矛盾,但从刘勰美学思想总体来看,他还是较为关注"兴"的自然感发作用,在许多地方言及"兴"时,都是强调"兴"的缘情感物

第三章 "兴"的结构阐释

的特点。刘勰说:"人禀七情,应物斯感,感物吟志,莫非自然。"(《文心雕龙·明诗》)刘勰认为人们的审美情感是受外物感召而起的,它是一个自然而然的过程,而"兴"则是人们对于外物感召的应答。《文心雕龙·诠赋》篇中提出:"原夫登高之旨,盖睹物兴情。情以物兴,故义必明雅;物以情观,故词必巧丽。"刘勰指出所谓"兴",乃是人的情感对于外物感召的自然冲动。六朝人论"兴"大都是建立在自然感兴观念之上的。梁代史学家与文学家萧子显《自序》云:"追寻平生,颇好辞藻,虽在名无成,求心已足。若乃登高目极,临水送归,风动春朝,月明秋夜,早雁初莺,开花落叶,有来斯应,每不能已也。……每有制作,特寡思功,须其自来,不以力构。"萧子显在梁代是颇有声名的文人,他在从事创作时能够摆脱传统诗教的束缚,游心内运,抒发性情。他虽然没有明确论及"兴"的范畴问题,但是在艺术创作方面,他力主以兴为诗,表达个人情性。

六朝之后,从有感而发的角度来论"兴"与"比"之别在文坛上产生了很大的影响,如下列论述就颇具代表性:

山川之秀美，风俗之朴陋，贤人君子之遗迹，与凡耳目之所接者，杂然有触于中，而发于咏叹。（［宋］苏辙《江行唱和集叙》）

自古工诗者，未尝无兴也。观物有感焉，则有兴。（［宋］葛立方《韵语阳秋》）

情者，心之精也。情无定位，触感而兴，既动于中，必形于声。（［明］徐祯卿《谈艺录》）

诗有六义，其四为兴。兴者，因事发端，托物寓意，随时成咏。（［清］王闿运《诗法一首示黄生》）

从这些论述来看，六朝之后，将"兴"说成是缘心感物的创作活动，成为许多文学家的共识。即使是正统的经学家也不能不顾及这一点。比如唐代经学传人孔颖达对汉代经学家论"比兴"的看法基本是肯定的，但孔颖达也吸取了六朝人重自然感兴的观点，在谈到诗歌的产生时说："感物而动，乃呼为志。志之所适，外物感焉。言悦豫之志则和乐兴而颂声作，忧愁之志则哀伤起而怨刺生。《艺文志》云：'哀乐之情感，歌咏之声发。'此之谓也。"（《毛诗正义》）孔颖达对班固《汉书·艺文志》的说法依据六朝人自然感兴的观点作了补充与

第三章 "兴"的结构阐释

发挥。在他看来,人心感于物是一个不假功利、自然产生的过程。这一看法,实际上与他论"比兴"重在"美刺"的看法是有所抵牾的。

对"兴"的解释存在着矛盾,在六朝之后的文士中经常可以见到。很多文士难以摆脱传统"比兴"的说法,往往将"比兴"夹杂在一起。如托名贾岛的《二南密旨》说:"取类曰比……比者,类也。妍媸相类相显之理。或君臣昏佞,则物象比而刺之;或君臣贤明,亦取物比而象之。""感物曰兴……兴者,情也。谓外感于物,内动于情,情不可遏,故曰兴。感君臣之德政废兴而形于言。"这里虽然还是"比兴"一体,但是所言之"兴"与两汉经学家的看法大相径庭,它强调"兴"的外感于物而内动于情,是从六朝之"兴"发展而来的。

另外,有的文人论"兴"不再拘泥于传统的"比兴"论,言"兴"时尽量不再提及"比兴"一体之事,尽量将"比"与"兴"分开。托名王昌龄的《诗格》中说:"一曰感时入兴……古诗'凛凛岁云暮,蝼蛄多鸣悲。凉风率以厉,游子寒无衣'。江文通诗'西北秋风起,楚客心悠哉。日暮碧云合,佳人殊未来'。此皆三句感时,一句叙事。"《诗格》一文中,将"兴"的用法分成十四类,而首推"感时入兴",认为"兴"的产生首先是由于四时推移所引起的人们对外物的感兴,这种情感缘物而感,不能自已。《诗格》中其他地方言及"兴"的用法,也是从诗歌表现手法的角度去说的,如"引古入兴""犯势入兴""先衣带后叙事入兴""景物入兴"等皆是。

唐宋以来,许多文人都是从缘情感物的美学与艺术表现手法的角度去谈论"兴"的。欧阳修在《梅圣俞诗集序》中说:"凡士之蕴其所有,而不得施于世者,多喜自放于山巅水涯,外见虫鱼草木风云鸟兽之状类,往往探其奇怪;内有忧思感愤之郁积,其兴于怨刺,以道羁臣寡妇之所叹,而写人情之难言。盖愈穷则愈工。"欧阳修继承了钟嵘的诗学观念,他从人生遭际与创作源泉出发,提出大凡士大夫由于不得志、内心苦闷,必然要有所抒发,于是外见各种各样的景物,不免借诗抒怀,所谓"兴",正是这种内外相合的引爆点。

中国古代文论中的"兴"在涉及艺术创作本体论时,常常强调"兴"使作者潜藏的艺术生命得到激活,使作者内心的苦痛找到了宣泄点,使作者的创作得到了实现。如果说,两汉经学家对"兴"的理解限于"美刺",不属于"美刺"的"兴"受到否定,使诗人的创作意识无

第三章 "兴"的结构阐释

法通过"兴"的激活而得到表现,那么,摆脱了"美刺"诗教的"兴"则更能展现诗人的艺术生命。正如明代思想家李贽所说:

> 且夫世之真能文者,比其初皆非有意于为文也。其胸中有如许无状可怪之事,其喉间有如许欲吐而不敢吐之物,其口头又时时有许多欲语而莫可所以告语之处,蓄极积久,势不能遏。一旦见景生情,触目兴叹,夺他人之酒杯,浇自己之垒块,诉心中之不平,感数奇于千载。(《焚书·杂说》)

李贽认为,经自己切身感受到的情感与义理,一旦兴于感叹,会产生强烈的艺术感染力。同样,这种兴于个体的感叹,是一种强烈的感情,能冲破封建诗教的束缚。明清时期的浪漫派文人,大力倡导"独抒性灵,不拘格套"的理论学说,而"兴趣""意兴"则是其中的重要内容。

第二节 "兴"的意蕴

"兴"作为中国美学与文艺学的重要范畴,意蕴极深。所谓意蕴,是指它可以生发出来的思想能量,它通过接受的层面得以实现与拓展。"兴"的意蕴大致上可以从以下两个方面来讨论。

一 "兴"与"言意之辨"

自然感兴、寓意抒情的艺术作品,往往是韵致深远,让人回味无穷的,从这一角度来说,"兴"是艺术境界产生的前提,无"兴"不能产生出浑然天成、意境超迈的作品。

汉末魏晋以来,随着言意之辨理论的流布,人们开始用这一新的理论思维来观察与看待"比兴"问题,认为"兴"作为最能反映艺术思维特点的美感体验,是最符合"言不尽意"的特点的。陆机在其《文赋》中就提出文学构思是解决"意不称物,文不逮意"的关键,而文学创作的第一步就是缘心感兴,即"遵四时以叹逝,瞻万物而思纷",然后才进入到展开想象、构造形

第三章 "兴"的结构阐释

象的过程。陆机将"兴"作为缘心感物、构造形象的起始,使情成体的开端。他认为"兴"有的是可以用语言与概念来驾驭的,有的则是一种"应感之会",来不可遏,去不可止,这种灵感是难以控引的,当然也就不可能是一种明晰的文字概念。这种非概念所能明确表达,非语言所能穷尽的思致与情感,最符合王夫之所说的"兴在有意无意之间"的特点。

钟嵘《诗品序》则明确提出"文已尽而意有余,兴也",正式用"言意之辨"来说明"兴"的思维特点,将它与"因物喻志"的"比"相区别。这种幽深难识之意,构成了"兴"的文本特点,这种文本适合于人们用来表达内心幽微难状的心境,是寄托内心情思的最好途径。钟嵘《诗品》评论阮籍的《咏怀诗》"言在耳目之内,情寄八荒之表"。阮籍《咏怀诗》的意蕴是靠特定的"寄兴"表现手法来实现的,而传统的"比兴"托喻手法显然已经无能为力。我们只要比较《咏怀诗》与《诗经》所用的"比兴"手法,就可以看出二者有很大的不同,前者有的开头用"兴"手法作为发端,有的则是全篇用"兴",所用之"兴"也是扑朔迷离、闪烁不定的,"厥旨渊放,归趣难求",使人很难得其确解,颜延年想注解这些诗都感到难以捕捉其中的意思。当然,阮籍的诗作是出于当时特定的社会环境,以及他自己的性情与风格,因此形成了这种深邈难识的风格。阮籍诗作中"寄兴"手法的运用,启发了人们对"兴"的这种"言不尽意"、寄托深远的功能的开掘。

同时,建立在个体艺术生命感受与体验之上的"兴",不但不排斥其中的象征、讽喻意义,而且会使诗中的寄托更深,情志更为动人,传达得更为深远。因为通过艺术来表现思想意蕴与论述文体不同,它是通过特殊的规律来实现的,这种特殊的规律就是使情成体,以情动人,通过个体的生命感受来传达具有普遍意义的思想内涵。魏晋以来,"兴"的审美意义逐渐被认识和深化,说明古代美学对艺术特征的深入把握。

魏晋六朝以来,"兴"的意蕴日益丰富,人们开始从"言有尽而意无穷"的角度去认识"兴"这一古老的审美范畴,循着这一思路去开掘这一范畴蕴藏的美学价值,深化这一范畴的意义结构。比如北宋苏辙《诗论》中提出:"夫兴之为体,犹曰其意云尔。意有所触乎当时,时已去而不可知,故其类可以意推而不可以言解也。"苏辙认为"兴"之为体是"意"之所为。他用"意"的

第三章 "兴"的结构阐释

概念而不用"情"的概念,并不是看不到"兴"乃情之触发,而是强调"兴"中之情不是一般的情感,而是具有深挚情怀与感慨的心理活动。情中有意,这才是"兴"之高品;而鉴赏者对"兴"的领悟是需要用"意推"即特殊的鉴赏方法才可以做到。苏辙所说的这类"兴",实际上是特指像阮籍《咏怀诗》这种的寄托深远之"兴",与李白崇尚的"逸兴"有所不同,后者是一种率兴而发、天真明快的诗兴。宋人多比较推崇含蓄深沉的诗词之"兴"。

清代的一些诗论家,也对诗兴与诗境的创造发表了自己的看法。如袁枚《随园诗话》中说:"诗无言外之意,便同嚼蜡。"李重华《贞一斋诗说》中云:"兴之为义,是诗家大半得力处。无端说一件鸟兽草木,不明指天时,而天时恍在其中,不显言地境,而地境宛在其中,且不实说人事,而人事已隐约流露其中。故有兴而诗之神理全具也。"李重华认为"兴"是诗家的功力体现,而这种功力不是"美刺比兴",而是诗词意境的营造,有"兴"而诗之神理具备。他从意境与神理的角度去揭示"兴"的内涵,这是非常有见地的,也是自魏晋六朝以来人们对诗兴意蕴认识不断深化的体现。

二 "兴"与寄托

循着这种对"兴"的认识深化,人们对"兴"之中的寄托含义也有了新的掌握。在早期的对"兴"的认识中,两汉经学家将"比兴"视为一体,其中"兴"被认为是具有托喻功能。至于为什么认为"兴"具有托喻功能,显然是由于"兴"的表达方式比较婉曲隐晦。由于"兴"中所托内容是"美刺"等微言大义,由这个内容所决定,"兴"只能停留在"托喻"的层面上,难以与"因物喻志"的"比"相分离,获得自己的独立地位。但是当人们将"兴"中所托之意不再只局限于汉儒所说的诗教意义,就可以发现在人的心灵世界中,还有如此浩瀚深邈的天地可以吟咏抒写。刘勰《文心雕龙·比兴》篇云:"观夫兴之托谕,婉而成章,称名也小,取类也大。"其中谈到"兴"的托喻特点是"称名也小,取类也大",即具有高度的浓缩性。《比兴》篇最后的赞语中将"兴"的运用说成"拟容取心",也是强调"兴"的运用在于提炼心象、熔铸意蕴,突出了"兴"之中的意蕴寄托。钟嵘《诗品》批评西晋张华的诗:"其体华艳,兴托不奇。巧用文字,务为妍冶。虽名高曩代,而疏

第三章 "兴"的结构阐释

亮之士,犹恨其儿女情多,风云气少。"钟嵘所说的"兴托"显然不是指汉代所说的"美刺",而是指具体的人生遭际与感叹,是出于深切的内在体悟,正因如此,它的意蕴要更加深刻。

这种将"兴"与"寄托"相联系的美学观点,后来在唐代文人中得到广泛的认同与发展,除了陈子昂的"兴寄"论之外,还有许多文人也尝试用"兴寄"的观点来进行文学批评。如唐代文人权德舆在《左武卫胄曹许君集序》中说:"建安之后,诗教日寝;重以齐梁之间,君臣相化,牵于景物,理不胜词;开元天宝以来,稍革颓靡,存乎风兴。"这是批评齐梁文学追逐形式而放弃内容,唐代开元天宝以来才稍稍革除了这种风气,其中所用"风兴"一词,虽不脱诗教意味,但是也强调了诗兴的寄托含义,与陈子昂的"兴寄"一词意思基本一致。再如高仲武《中兴间气集》提出:"众(指唐代诗人张众甫)又婉媚绮错,巧用文字,工于兴喻。只如'不随淮海变,空愧稻粱恩',尽陈谢之源。又'自当舟楫路,应济往来人',得讽兴之要。"其中"兴喻""讽兴"二词,指采用诗歌的形式,婉转地对时政与个人遭际进行讽喻,寄寓着很深的感慨。

兴：艺术生命的彰显

　　清代的词论家周济、陈廷焯等人，大力倡导词"兴"的寄托一面，他们认为词境贵在寄托，而寄托则离不开"兴"的托喻作用与功能。陈廷焯《白雨斋词话》自序中提出："夫人心不能无所感，有感不能无所寄；寄托不厚，感人不深；厚而不郁，感其所感，不能感其所不感。"在陈廷焯看来，词的艺术感染力与诗有所不同，诗在于情志的中和，词在于意蕴的深厚，美感的悠长。清代的词论家极力推崇词境的寄托之美，但是他们也深知，词的寄托必须符合天真自然之法则，如若刻意寄托，为寄托而寄托，则会丧失寄托的意义，留下雕琢之弊。因此，他们将"寄托"之美与"性灵"之说结合起来。"兴"的运用本来就是一种自然天成的过程，如果不能达到浑然天成的寄托之境，则会变成一种无病呻吟。清代词论家况周颐在《蕙风词话》中就强调："词贵有寄托。所贵者流露于不自知，触发于弗克自已，身世之感，通于性灵。即性灵，即寄托，非二物相比附也。"这段话是非常有意义的，它强调寄托是一种胸中有言不得不发的创作过程，是不平则鸣的产物。如若刻意为之，则失却了寄托的本意。清代另一词论家周济在《宋四家词选目录序论》中也指出："夫词，非寄托不入，专寄

第三章 "兴"的结构阐释

托不出。"周济强调,词必须要有寄托,否则就不能成为上品,但是专寄托则有伤自然,必须能入能出。能入即是在词境中寄慨深广,以小见大,出与入境界的产生即在于"兴"的天然而动,是心有所感、不得不发的过程。从美学原理来说,即是将长期积累的心境感受,通过偶然的感发宣泄出来,在这种长期积累偶然为之的"兴"之中,自然会产生寄托,引发出泪水与感喟。

第四章 "兴"与艺术生命的彰显

第四章 "兴"与艺术生命的彰显

从文化人类学角度来说,"兴"作为中国古典美学的关键性范畴,凝结了中国文化的诸多元素。它保留了原始艺术生命活动与艺术思维的因子,同时糅杂了后来长期的艺术观念,是由多重层次组成的。对"兴"进行文化回溯,有助于我们对中国古代这一体验性而非思辨性的美学范畴有更深的认识。

第一节 "兴"与原始生命活动

这里所指的原始生命活动,是指先民们刚脱离原始族群生活,进入到氏族生活方式阶段时的生存活动。在这一阶段,先民们在渔猎与采集生活中,劳动工具还非常简陋,与自然界的关系还十分密切。他们的生命活动表现为通过渔猎与采集,向周围的环境索取食物与御寒的物品,以养活自己,繁衍生息。远古先民在劳动之余,对周围影响与制约他们的天地万物与飞禽走兽,既怀有亲和的感情,同时又存有敬畏恐惧的心理。

远古生民们的艺术创作,往往体现出强烈的生命意

兴：艺术生命的彰显

识。诗歌与音乐、舞蹈、绘画造型等艺术形式相比，是出现较晚的人类艺术活动形式，在当时，它通过与音乐、舞蹈的相伴，呈现出一种立体的生命活动形态。格罗塞在《艺术的起源》一书中说："最低级文明的抒情诗，其主要的性质是音乐，诗的意义只不过占次要地位而已。"[1] 他的话说明诗歌最早是以声音的宣发为主，意义只处于从属的位置。这是因为诗歌在最初往往作为劳动或宗教祭祀活动时的节奏性歌辞。所谓"兴"，其最开始便是这种活动向诗歌艺术转化的中介。当"兴"的审美方式产生后，先民们的生命活动被升华了，诗歌通过缘心感物，使情成体，开始逐渐获得独立的表现形式。

在中国最早的诗歌总集《诗经》中，我们可以清晰地捕捉到隐藏在作品中的一些原始兴象。中华民族很早就在长江、黄河流域一带生存繁衍、生活劳动，远古的人们对周围的自然环境经过直觉的摄入与印证，构筑形成了特定的兴象结构。这就是唐代皎然《诗式》中论及"兴"时所言："凡禽鱼草木人物名数万象之中，义类同者，尽入比兴。"也就是说，后世诗人兴象之境中所取的，不外是禽鱼草木人物等万象之景，而诸种景象，

---

[1] 格罗塞：《艺术的起源》，蔡慕晖译，商务印书馆，1984，第189页。

第四章 "兴"与艺术生命的彰显

都是农业社会人们常见到的物象。在《诗经》中作为"比兴"物象的,有许多就是早期人们从事农业与畜牧业生产时经常见到的物象。《诗经》中以鸟兽作为感物起兴的较多,如《邶风·燕燕》《卫风·有狐》等;以草木来起兴的,则有《唐风·杕杜》《郑风·野有蔓草》等;还有的以鱼类起兴,如《齐风·敝笱》《陈风·衡门》等等。除此之外,还有以在现实生物基础上进行想象虚拟而成的动物如麒麟、凤等来起兴的,如《周南·麟之趾》《大雅·卷阿》等。以想象虚拟中的动物作为起兴,反映出诗中所沉积的原始生民的宗教意识。

我们先来看一下以鸟类作为诗中起兴之物的诗。《诗经》中的《邶风·燕燕》《邶风·凯风》《唐风·鸨羽》《小雅·伐木》《小雅·鸿雁》《小雅·沔水》《小雅·小弁》等作品中都用鸟类作为起兴。这些诗作表现出来的"比兴"都有一种睹物兴情、以物兴怀之感。例如《小雅·小宛》起始:

> 宛彼鸣鸠,翰飞戾天。我心忧伤,念昔先人。明发不寐,有怀二人。

根据朱熹《诗集传》中对这首诗的解说,"二人"是指父母。诗人见到高飞戾天的小鸟起兴伤情,他想到小小的鸟儿都可以飞向天空,寻找归宿,自己怎能不由此想到自己的先人,深深怀念亡故的父母呢?在这里,高飞的小鸟成为诗人兴怀感物的对象。

再如《小雅·鸿雁》中有"鸿雁于飞,哀鸣嗷嗷",表现了周代使臣四处召集流民回归故土的事情。《毛诗》中说:"《鸿雁》,美宣王也。万民离散,不安其居,而能劳来、还定、安集之,至于矜寡,无不得其所焉。"后来哀鸿就成为流离失所的兴象与代指。由哀鸣嗷嗷的鸿雁,人们很容易联想起兴,感叹流浪漂泊的哀苦与不幸:"鸿雁于飞,肃肃其羽。之子于征,劬劳于野。爰及矜人,哀此鳏寡。"在诗人看来,鸿雁翻飞,超越万里,可以自由地来往于南北,择居而栖,而那些流民则无法回到自己的故居,念之令人哀怜。这种缘物起兴、借此兴彼、寓意深广的艺术思维方式,后来成为许多文学作品的创作手法。《管子·霸形》中记载了这样一段齐桓公对管仲说的话,道出了农业社会中诗人借雁飞寄托人生感叹的缘由:"桓公在位,管仲、隰朋见。立有间,有二鸿飞而过之,桓公叹曰:'仲父,今彼鸿鹄,有时而南,有

第四章 "兴"与艺术生命的彰显

时而北,有时而往,有时而来,四方无远,所欲至,而至焉,非唯有羽翼之故,是以能通其意于天下乎?'"齐桓公慨叹鸿雁的自由来往不受羁绊,认为它能通天下之意。这种从人类的眼光来看待鸿雁的思维方式,其实是远古先民寄兴于外物以传情达意方式的演化。南北朝时,战乱频繁,人民流离失所,于是哀哀鸿雁成为人们怀念旧土、渴盼回家的寄兴之物。《宋书·律志序》称晋朝南迁后,流民来到江南,"人伫《鸿雁》之歌,士蓄怀本之念,莫不各树邦邑,思复旧井"。后世诗文与戏剧、小说中也是经常提到鸿雁传书。这种对雁一往情深,缘兴而叹,显然是农业文明中的居民安土重迁的家园情结的展示。

上古时期的艺术生命活动往往表现在一种狂热的集体活动中。"兴"字最早出现于甲骨文中,写作"𦥑",意为众手共举一物。所举之物"𠙵",学者们有不同的说法:一说为盘,持此说者有罗振玉、商承祚;另一说中间为"凡"字,通古"帆"字,持此说者开始有叶玉森,继而有杨树达先生。但不管是盘还是帆,二说都训"兴"为"起"。金文中"兴"的写法有两种:一是"父辛爵"中作"𦥑",形状与甲骨文比较相近;另一种见于"鬲叔兴父盨",写作" ",与甲骨文相比,明显地多了一个"口"字形。杨树达先生认为:"众手合举一物,初举时必令齐一,不容有先后之差,故必由一人发令命众人同时并作,字从口者盖以此。"[1]《说文解字》中释"兴"云:"兴(古字" "),起也。从舁从同,同力也。"基本是从金文中而来的。段玉裁注曰:"《广韵》曰:'盛也,举也,善也。'《周礼》:'六诗,曰比,曰兴。'兴者,托事于物。按:古无平去之别也。"从《说文解字》所列的字形来看,很像是舞蹈中的人们用双手高举着什么。而"兴"的发动则是"同力而举"即集体舞蹈的过程,这正符合原始舞蹈是集体共舞的性质。著名学者商承祚在《殷契佚存:附考释》与郭沫若在《卜辞通纂》中都认为"兴"的本义是众人围绕着一" "的形物载歌载舞。

从现在见到的关于原始舞蹈的资料来看,原始舞蹈大致是源于劳动、战争、祭祀、求偶等活动的生命显现和爆发。在内蒙古乌兰察布草原上的岩画中,以及广西花山的崖画中,都有一些人物双臂屈举或向上伸举的舞

---

[1] 杨树达:《积微居小学述林全编》,《杨树达文集》,上海古籍出版社,2013,第142页。

第四章 "兴"与艺术生命的彰显

蹈动作[1]，其形态与《说文解字》中"兴"字的形象大致相同。这说明当时在舞蹈表现上有一些共同的特点，这就是举臂向上，四肢伸展，酣畅淋漓，这是远古的人们生命力的表现与兴发。

李泽厚先生在《美的历程》一书中论及原始歌舞时说：

> 这种原始的审美意识和艺术创作并不是观照或静观，不像后世美学家论美之本性所认为的那样。相反，它们是一种狂烈的活动过程。之所以说"龙飞凤舞"，正因为它们作为图腾所标记、所代表的，是一种狂热的巫术礼仪活动。后世的歌、舞、剧、画、神话、咒语……，在远古是完全揉合在这个未分化的巫术礼仪活动的混沌统一体之中的，如火如荼，如醉如狂，虔诚而蛮野，热烈而谨严……[2]

这段话形象地说明了原始音乐舞蹈之中包含的巫术和宗教内容。在原始的巫术礼仪活动中，一般都有一定

---

1 参见王克芬：《中国舞蹈发展史》，上海人民出版社，1989，第6—9页。
2 李泽厚：《美的历程》，文物出版社，1981，第11—12页。

兴：艺术生命的彰显

的乐舞活动。人们在举行庆典时，往往以兽作为图腾物，由专职巫师率领氏族成员一起狂歌劲舞，表达对于丰收等等的喜悦之情。图腾崇拜还起着调和氏族内部成员关系的作用，它使氏族成员的信仰统一在一种固定的神祇上，从而加强人们之间的联系。由图腾所产生的宗教禁忌还影响着人们的风俗习惯。在祭祀活动中，有一套严格的规则与礼仪，举手投足有严格的规定，如果违反的话往往会被认为是对神的亵渎，会引起众怒。这种缘于图腾的舞蹈是远古人类建立在生命意识之上的创造活动，具有尽管模糊但却有着具体意味的精神因素。舞蹈者通过外在的热情奔放的身体语言，将主体意识表达出来，并且通过身体的活动来感应自然，与他人交流，将自己的意识凝结为有意味的动作符号与语言。这种风俗习惯与宗教禁忌融为一体的规范随着社会的进化，慢慢延伸到社会生活的各个领域。而在这一过程中，"兴"逐渐从原始的生命活动向艺术活动转化。在这种转化中，诗、乐、舞一体的艺术活动是最能体现这种特征的。

在原始社会，诗歌、音乐、舞蹈往往是合为一体的。《左传·隐公五年》上说："夫舞，所以节八音而行八

第四章 "兴"与艺术生命的彰显

风。"在早期社会,人们没有力量抵抗大自然的风暴灾害,只好祈求幻想的神祇保佑。在当时的人们看来,自然界的风调雨顺,是可以通过祭祀、祈求来获得的,而音乐、舞蹈发挥着重要作用。《礼记·乐记》中就保留了一些来自远古时代的音乐观:"地气上齐,天气下降,阴阳相摩,天地相荡,鼓之以雷霆,奋之以风雨,动之以四时,煖之以日月,而百化兴焉。如此,则乐者天地之和也。"在当时的人们看来,大自然的四时相代、昼夜交替、风雨雷电,冥冥之中是有一种无形的力量在支配、运作着,而其中的和谐的力量,就是乐的本体。它是通过生命与艺术相融合的"兴"体现出来的。《礼记·乐记》中还说:"乐者,天地之命。中和之纪,人情之所不能免也。"在当时,被认为能够沟通人与天、地、神的乐师,其专职是顺天地之和以作乐,创作出沟通人神的旋律,以祈求风调雨顺、平安顺遂。实际上,这种乐师就是巫师,最早的音乐家就是由这种专职巫师承担的。为了使这种敬天事神、和合生民的音乐活动能作为氏族的礼仪规范一代代相传,教授这些音乐也就成了氏族内部的一件重要的事情。后世假托的《尚书·尧典》中记载了这样一段舜与夔的对话:"帝曰:'夔!命汝典乐,教胄子。

直而温,宽而栗,刚而无虐,简而无傲。诗言志,歌永言,声依永,律和声,八音克谐,无相夺伦,神人以和。'夔曰:'於!予击石拊石,百兽率舞。'"从这段记载亦可看出,在上古时代"兴"被认为是承担着"神人以和"的中介作用。

值得注意的是,"兴"作为人类的一种创造活动,此时已经出现了由原始生命意识向审美转化的趋势。诗歌作为语言文字之"兴",它的出现体现着人类审美意识的提升。《毛诗序》说:"诗者,志之所之也,在心为志,发言为诗。情动于中而形于言,言之不足,故嗟叹之,嗟叹之不足,故永歌之,永歌之不足,不知手之舞之,足之蹈之也。"这段话说明,中国古代在对诗、乐、舞三者的划分上,不是像西方人那样,从模仿的方式与对象上去区别,而是依据表达情感的强弱去区分。在人类的艺术实践中,舞蹈以其强烈的吟唱与手舞足蹈,最能宣泄人类全方位的情感。故而"兴"作为远古先民的一种由生命力的爆发向艺术创造的转化的中介,在素有身体语言之称的舞蹈中表现得最为明显。舞蹈以人们身体的动作和相伴随的声音节奏,最能表达出后世人们释"兴"时所强调的"兴者,起也""起情故兴体以立"的特征。

第四章 "兴"与艺术生命的彰显

舞蹈作为用身体来表达情感的一种艺术形式,与诗歌的起兴有异曲同工之妙。《周礼·地官》载乡大夫之职曰:"以乡射之礼,五物询众庶:一曰和,二曰容,三曰主皮,四曰和容,五曰兴舞。"孔颖达疏曰:"兴舞,即舞乐。"《诗经·小雅·伐木》云:"蹲蹲舞我。"郑玄注曰:"为我兴舞蹲蹲然。"这些记载说明在周代,将舞蹈与诗歌视为感情兴发的观点是十分通行的。

第二节 "兴"与灵感活动

"兴"还与中国古代文论中的灵感说有一定关系。古代文论家论"兴"时,都十分清楚地意识到了这一点。托名贾岛的《二南密旨》中提出:"兴者,情也。谓外感于物,内动于情,情不可遏,故曰兴。"情感与思维相比,往往具有比较大的不确定性,因此感兴也具有较大的随意性。情感在演化中,会受到外物与主观心理的各种影响,因此会呈现出纷繁万状。宋末元初的吴渭在《诗评》中提出:"诗有六义,兴居其一。凡阴阳寒暑,草木鸟兽,山川风景得于适然之感而为诗者,皆兴也。"吴渭看到了"兴"是诗人在外物触发下产生的一种美感心理与创作欲望,而这种"兴"具有偶然性与不确定性,所谓"适然之感"即是强调这层意思。明代徐祯卿《谈艺录》中说:"情无定位,触感而兴,既动于中,必形于声。"这些论述都是从心物相感的偶发性角度去讨论的。这正合乎灵感思维的偶然性与突发性特点。这种偶发性契合审美的非功利性,因为如果受事先的功利性因素制约,如概念的牵引、欲望的诱导,审美情感往往会丧失自由的特性,变成"赋"与"比"这类的创作态度与手法。"兴"之所以是自由的,恰恰在于这种心物交感时的偶发性。

经学家力图将"兴"演绎成微言大义的手段,从审美角度来论"兴"的文论家则注重发掘"兴"的审美心理特征。"兴"从审美心理角度来说,确实有一个明显的特征,这便是它的来无踪影、去无痕迹的灵感趋向。它在诗歌与其他艺术种类的创作中,往往表现为一种情感的突然爆发与消失,由此造成构思的不确定性,故而从魏晋六朝开始,人们有时又用"神思"的概念来说明之。在中西美学史上,中国古代的文人较诸西方文论家较早地用独特的概念来说明这种艺术创作的心理现

第四章 "兴"与艺术生命的彰显

象。西晋陆机在《文赋》中论及艺术构思过程时,除了说明通常所见的一般过程外,还着意说明有一种神妙的灵感心理:"若夫应感之会,通塞之纪,来不可遏,去不可止。藏若景灭,行犹响起。"这种"应感之会"即感兴,其基本特征便是艺术构思中的偶然性与不确定性,它来不可遏,去不可止,非主观情思可以驾驭。当它忽起时,文思泉涌;当它消失后,又文思枯涸,难以唤起。刘勰在《文心雕龙·神思》篇中也揭示了这种"枢机方通,则物无隐貌;关键将塞,则神有遁心"的灵感特点。萧子显在《南齐书·文学传论》中说:"属文之道,事出神思,感召无象,变化不穷。俱五声之音响,而出言异句;等万物之情状,而下笔殊形。"他与陆机、刘勰相比,为了强调文学与经史不同,是一种性情所钟的创作活动,大大突出了构思过程中的"神思"特点。

古代文论家为了强调"兴"的这种灵感特点,注重将它与直书其事的"赋"和因物喻志的"比"相区别。"赋"与"比"属于既定的思维,理性的成分较大,而"兴"则是情感成分较多,内中的理性往往为一时的感受和冲动所覆盖。唯因如此,它往往表现为无意为诗、风水相逢的过程。北宋的苏洵曾用风水相逢、不能不文的比喻来说明作者无意为文的创作过程。这种过程正暗合艺术创作与认识活动、意志活动相比,在于主体的非功利性(当然作者原先积淀的理性与道德因素是无法排除的)。文论家们在理论上的这些论述,有助于将诗歌创作与经史写作区别开来,使其成为一种独立的意识活动。魏晋六朝的文人可以说是有意识地这么做,这同当时文人们以"兴"为美的时尚是息息相通的。在此之后,他们对"兴"的灵感特征的认识在文论史上得到了传承。许多文人强调创作的无意而发、天然无迹。如南宋杨万里《晚寒题水仙花并湖山》中云:"炼句炉槌岂可无,句成未必尽缘渠。老夫不是寻诗句,诗句自来寻老夫。"清袁枚《老来》诗云:"老来不肯落言诠(筌),一月诗才一两篇。我不觅诗诗觅我,始知天籁本天然。"清代焦循在《答罗养斋书》中说:"山川旧迹与客怀相摩荡,心神血气颇为之动,动则诗思自然溢出。"这些文人以其深厚的学养与丰富的创作经验,反复申明诗人创作最佳的状态是自然感兴、无意为文,而艺术的奥秘恰恰在于越是无意为文就越往往佳作涌现,越是刻意为文却越难出佳句,因为艺术创作的特点决定了它顺应自然、排斥雕琢的特殊规律性。中国古代的文论家早就聪慧地认识

第四章 "兴"与艺术生命的彰显

到了这一点。

然而,感兴看似偶然,实则有必然性蕴含其中。中国古代文人论及感兴时,既强调感兴的偶发性与自然性,又顾及了感兴的必然性。从某种意义上来说,"兴"的自然性之所以为贵,并不在于随意而兴,率尔操觚,那样往往流于轻率与低俗。自然感兴之美,恰恰在于内中蕴藏的无限的人生感慨与文化修养。唐代诗论家皎然《诗式》云:"有时意静神王,佳句纵横,若不可遏,宛如神助。不然,盖由先积精思,因神王而得乎?"皎然认为诗人意静神旺、感兴勃发,看上去若有神助,其实并不神秘,正是平时的精思积累所致。他从偶然性与必然性相融合的角度,说明了"兴"的有感而发。从"兴"的产生来说,大多是由于种种人生坎坷磨难刺激着诗人的内心,于是借物兴情,发为咏叹,这是一个不得不发的过程。陆游说:"盖人之情,悲愤积于中而无言,始发为诗。不然,无诗矣。苏武、李陵、陶潜、谢灵运、杜甫、李白,激于不能自已,故其诗为百代法。"(《澹斋居士诗序》)陆游结合自己的创作体会,认为汉魏以来的文学名作大抵不出人生际遇刺激而作,属于不得已而为之。推而言之,唐宋以来的文豪哪个不是在仕途奔波、宦海沉浮、人生蹉跎中煎熬，由此达到自己文学创作的高峰呢？在感兴的过程中，往往出现这样的心理现象，当灵感出现时，情思喷涌出来，甚至心口互动，手舞足蹈，不能自已，类似柏拉图《文艺对话集》中所描述的诗人灵感涌动时浑身战抖、情绪激动的情景。明代谭元春在《汪子戊巳诗序》中云："夫作诗者一情独往，万象俱开，口忽然吟，手忽然书，即手口原听我胸中之所流，手口不能测，即胸中原听我手口之所止，胸中不可强。"诗论家在这里形象地描述了诗思喷涌时的情状，这就是来势迅速，难以预测，但是一旦诗思被打断，要想接续起来就很难了。因为这种感兴是情绪化的突发现象，其特点是主观意志往往无法控制、无法预见它。感兴的可贵在于此，无奈亦在于此。故陆机在《文赋》中即慨叹"虽兹物之在我，非余力之所勠。故时抚空怀而自惋，吾未识夫开塞之所由"。宋代葛立方《韵语阳秋》中记载："小说载谢无逸问潘大临云：'近日曾作诗否？'潘云：'秋来日日是诗思，昨日捉笔得"满城风雨近重阳"之句，忽催租人至，令人意败，辄以此一句奉寄。'亦可见思难而败易也。"潘大临诗兴感发，好不容易才得一句好诗，然而这位穷儒被忽然而至的催租人弄坏了意兴，及至催

第四章 "兴"与艺术生命的彰显

租人走后,再想续上原先的诗兴却无能为力了。王夫之曾用"神理"来说明这种感兴:"以神理相取,在远近之间,才著手便煞,一放手又飘忽去。"(《姜斋诗话》卷二)这句话生动形象地说明了"兴"的玄妙难控的特点。

古代文论家们认为,既然"兴"是不能强求而致的,与其短时间内苦思冥想,强行搜索,不如暂且放下,等待时机,乘兴而作。刘勰早在《文心雕龙·物色》篇中就提出:"是以四序纷回,而入兴贵闲。"闲者,虚静之谓也。刘勰认为春夏秋冬四季景色纷回,而《诗经》《离骚》中描写景色的诗句横亘在前,令后人难以超越,诗人欲强作巧妙的诗句,反而费力不讨好,也是难以为巧的。既然如此,不如以不变应万变,以虚静之心叩发兴会,这样才能进入高妙的境界,超越前人。唐代时日本僧人空海在《文镜秘府论·论文意》中说:"凡神不安,令人不畅无兴。无兴即任睡,睡大养神。常须夜停灯任自觉,不须强起。强起即惛迷,所览无益。纸笔墨常须随身,兴来即录。若无纸笔,羁旅之间,意多草草。舟行之后,即须安眠。眠足之后,固多清景,江山满怀,合而生兴。须屏绝事务,专任情兴。"空海在《文镜秘府论》

中对感兴问题多有论述。他承袭了六朝人论"兴"的观点，强调感兴在缘物起情上的作用。同时他也重视乘兴而作、顺应自然的创作方式。他从生理与心理互相协调的角度，详细论述了当精神疲惫之时，不宜强行作诗，因为无法起兴，人们应当稍事休息，养神蓄思，伫兴而作，为了抓住瞬间的感兴，需常备纸笔在身，兴来即录。空海的这番论述，说明了当时的文人在六朝文人们的论述的基础上，对感兴的特点把握得更为准确，也更为自觉地运用"兴"的规律来作诗。

唐代之后，这种"伫兴而作"的观点在许多诗人与画家那里得到了回应。如明代谢榛《四溟诗话》中说："诗有天机，待时而发，触物而成。"他以简洁的语言说明了作诗应待时而作，以"兴"为机。在书画领域，明清的一些画家也强调以"兴"为主。如明代画家沈周提出："山水之胜，得之目，寓诸心，而形于笔墨之间者，无非兴而已矣。"（见于《式古堂书画汇考》画考卷二十五）清代画家王昱在《东庄论画》中说："未作画前，全在养兴。或睹云泉，或观花鸟，或散步清吟，或焚香啜茗，俟胸中有得，技痒兴发，即伸纸舒毫，兴尽斯止。至有兴时续成之，自必天机活泼，迥出尘表。"王昱详细地描述了绘画中随兴而作的情景。未作画前,最宜伫兴养性,俟灵感来时则乘兴而作,兴尽而止,兴来再续。他在论绘画的整个创作过程时,都将"兴"置于重要的位置上。

从这些论述来看,明清时代的文人非常自觉地用"伫兴"理论来指导文艺创作的实践,这也说明了"兴"之中确实蕴含着丰富的灵感思维价值。它与"赋"和"比"相比,由于建立在审美活动的基础之上,故而在心理机制上,要比"赋"和"比"复杂得多。

第三节 "兴"与文艺鉴赏

与"比兴"相关的另一组概念便是"兴观群怨",如果说与"比兴"相关的"兴",是从感物缘情的创作论角度去说的,那么"兴观群怨"之"兴"则是从鉴赏角度去说的。由于二者都是建立在审美感受基础之上的,故而可以相通,古人往往二者不分,也是觉得它们可以互融。

孔子指出:"小子何莫学夫诗?诗,可以兴,可以观,可以群,可以怨。"(《论语·阳货》)对孔子所说的"兴"的解释历来基本上有两种,一种是西汉孔安国注曰"引譬连类",另一种是南宋朱熹注曰"感发志意",这两种解说实际上是相通的。孔子认为在艺术的欣赏作用中,"兴"是最为基本的,所谓《诗经》的"兴"也就是《诗经》引起的欣赏者最直接的审美感受。正是这一点,界定了艺术审美活动不同于科学认识活动。

朱熹强调诗的感兴是达到教化的前提:"兴,起也。诗本性情,有邪有正,其为言既易知,而吟咏之间,抑扬反复,其感人又易入。故学者之初,所以兴起其好善恶恶之心而不能自已者,必于此而得之。"(《论语集注》)朱熹认为诗虽然以教化为贵,但是在形式上却是感兴为诗,使人在反复吟咏感叹中,不由自主地受到濡染,诗歌的教化功能在潜移默化的过程中得到实现。白居易在《与元九书》中说:"感人心者,莫先乎情,莫始乎言,莫切乎声,莫深乎义。"清代李塨在《论语传注》中说:

> 《诗》之为义,有兴而感触,有比而肖似,有赋而直陈,有风而曲写人情,有雅而正陈道义,有颂而形容功德。说之故言之,言之不足故长言之,长言之

第四章 "兴"与艺术生命的彰显

不足故嗟叹之。学之而振奋之心,勉进之行,油然兴矣,是"兴于《诗》"。

他的这段话说明了《诗经》的魅力是通过"兴"与其他表现手法实现的,它使人们的情感得到陶冶,志向得到升华,精神获得滋养。

刘勰在《文心雕龙·知音》篇中说:"夫缀文者情动而辞发,观文者披文以入情,沿波讨源,虽幽必显。世远莫见其面,觇文辄见其心。岂成篇之足深?患识照之自浅耳。夫志在山水,琴表其情;况形之笔端,理将焉匿?故心之照理,譬目之照形,目瞭则形无不分,心敏则理无不达。"这段文字在中国古代文论中最详切地说明了创作与欣赏关系在文本层面的双向交流过程。从创作角度而言,"兴"是缘物起情、形诸文字的过程;从欣赏论的角度来说,则是"披文以入情",因而欣赏论意义上的"兴"就是缘文以探心。王夫之在论"兴观群怨"时说:"出于四情之外,以生起四情;游于四情之中,情无所窒。作者用一致之思,读者各以其情而自得。"(《姜斋诗话》卷一)照王夫之的理解,兴中有观,观中有兴,群中有怨,怨而能群……读者在鉴赏作品时,总是融合着情感与思维的诸要素,艺术的功能正是通过这些综合因素来实现的。"兴观群怨"组成的艺术价值观念,鲜明地揭示了中国人的思维方式与文化心理。

从创作角度而言,"兴"是缘物起情、形诸文字的过程,即明末清初思想家黄宗羲所说"凡景物相感,以彼言此,皆谓之兴"(《汪扶晨诗序》)。而从欣赏角度来说,则是披文入情的逆向交流过程。作为创作论的"兴"与作为欣赏论的"兴"是两个不同方向的审美活动,但由于同属审美活动,故而可以互相交流和同等看待。朱光潜先生在《文艺心理学》中曾论及对自然的感兴和对艺术的感兴在美感心理上有共通之处:

"万物静观皆自得,四时佳兴与人同。"你只要有闲工夫,竹韵、松涛、虫声、鸟语、无垠的沙漠、飘忽的雷电风雨,甚至于断垣破屋,本来呆板的静物,都能变成赏心悦目的对象。不仅是自然造化,人的工作也可发生同样的快感。有时你镇日为俗事奔走,偶然间偷得一刻余闲,翻翻名画家的册页,或是在案头抽出一卷诗、一部小说或是一本戏曲来消遣,一转瞬

第四章 "兴"与艺术生命的彰显

间你就跟着作者到另一世界里去。你陪着王维领略"兴阑啼鸟散,坐久落花多"的滋味。……这些境界,或得诸自然,或来自艺术,种类千差万别,都是"美感经验"。[1]

这段话从美感的角度说明了对自然的感兴与对艺术的感兴是相通的,对宋人程颢诗作中所言之"兴"作了发挥。当然,二者在审美活动中还是有所不同的,这就是作为对文艺进行欣赏的"兴",集中展现了艺术欣赏心理的特点,较诸对现实(包括自然与社会两种审美对象)的审美感兴更为复杂,艺术韵味更为悠远。

第四节 "兴"的组合

"兴"这一范畴在发展过程中,还与其他一些概念相组合,派生出另外一些意蕴深刻的范畴,从而使"兴"范畴的内容更加丰富多彩。透过这些范畴,我们可以认识到"兴"的内涵与外延。

---

[1] 朱光潜:《文艺心理学》,复旦大学出版社,2009,第1—2页。

兴：艺术生命的彰显

一　兴趣

"兴趣"是从"兴"延伸而来的一个重要概念。"兴"是一种自由天真的心态，唯其自由天真，无所羁约，故而必然导向以趣为美，于是"兴趣"就成为与"兴"相关的审美概念。

"兴趣"作为人生与审美追求相统一的概念，在六朝时出现雏形。魏晋六朝鄙弃传统礼教观念，以天真放逸为美，于是推崇"兴"成为时尚。《晋书·嵇康传》中说："康善谈理，又能属文，其高情远趣，率然玄远。"这是说嵇康通过清谈与作文，实现自己的人生追求。在当时，以"兴趣"为美也可以说是一种时尚。如《晋书·向秀传》说向秀："发明奇趣，振起玄风。"这种所谓"奇趣"，也是一种不拘世俗观念的"兴趣"。魏晋六朝时，对这种生活方式的追求，在士风中很流行。《南齐书·王僧虔传》记载他评价别人书法："风流趣好，殆当不减。"陶渊明《归去来兮辞》中自叙："园日涉而成趣。"这是说自己在田园生活中品味到了乐趣。

南宋严羽在《沧浪诗话·诗辨》中说："夫诗有别材，非关书也；诗有别趣，非关理也；然非多读书，多穷理，

第四章 "兴"与艺术生命的彰显

则不能极其至。所谓不涉理路、不落言筌者,上也。诗者,吟咏情性也。盛唐诸人惟在兴趣,羚羊挂角,无迹可求。故其妙处透彻玲珑,不可凑泊,如空中之音,相中之色,水中之月,镜中之象,言有尽而意无穷。"严羽认为作诗不同于做学问、讲道理,是一种"别材""别趣",它需要另一种创造与才情,"诗者,吟咏情性也"。严羽写作《沧浪诗话》,深鉴于宋代诗人堆砌才学、滥发议论之弊,于是提出以盛唐为法,而"盛唐诸人惟在兴趣"。盛唐诗人将传统的"吟咏情性"理念与兴趣相融会,从而传承了六朝诗人的创作精神。

从严羽的话中,我们至少可知"兴趣"有这么几个特点:一是它是在外物感召下形成的创作冲动;二是这种冲动得到升华,形成审美情趣,即主动的快乐体验;三是这种兴趣是通过偶然感兴将原先积累的文化素养与人生感慨融会在感物而生的意象之中,故虽不言理而浑然天成,不可凑泊,言有尽而意无穷,具有意象超妙、韵味无穷之魅力。从创作主体与作品境界的相互关系来说,"兴趣"乃是意境创造的前提,有斯兴才有斯境,故严羽又将"兴趣"与"意兴"相提并论,实际上"意兴"与"兴趣"乃是同一范畴。因为主观之"意兴"乃是构

兴：艺术生命的彰显

成客观之意境（即言有尽而意无穷之诗境）的先决条件。严羽提出："诗有词、理、意兴。南朝人尚词而病于理；本朝人尚理而病于意兴；唐人尚意兴而理在其中；汉魏之诗，词、理、意兴无迹可求。"（《沧浪诗话·诗评》）严羽认为诗有"词""理""意兴"三大要素，"意兴"是与"词""理"不同的意趣，是属于情感、情趣的范畴，它与"兴趣"一样，是诗人缘情感物的主体。严羽认为南朝人重视词采而忽略内容，宋朝人尚"理"而病于"意兴"，唯有唐人尚"意兴"而"理"在其中，这同《诗辨》中赞扬盛唐诗人"惟在兴趣"，其理性与才学融化在兴象之中，羚羊挂角，无迹可求的观点是一致的。当然"意兴"侧重从作品层面而言，而"兴趣"则偏重从诗人主观角度而言，但二者实际上是同一层面的范畴。

"兴趣"说强调了诗人创作时缘情感物的最本质的心态，正是由于它而将作诗的审美心态与哲学思辨、实用文体写作相分别。中国古代的诗歌形式不断变化，但是以"兴趣"为诗的传统却一直保留，这是中国古代诗词抒情传统的显现。

明代袁宏道在此基础上，进一步倡举"趣味"说。袁宏道所倡导的"趣味"说与严羽等人所提倡的"兴

第四章 "兴"与艺术生命的彰显

趣"说有所不同,前者突出了主体的直感意趣,而与缘情感兴有所区别。他在《癖嗜录叙》中说:"于文无所不嗜,而尤嗜乎文之趣,趣不足而取致,致不足而取兴,均非颠生之得已也。"在《读济颠西湖诗》中提出:"济公随意点缀,莫非禅机,所以为佳。今人好拟唐人眉目,一味堆砌填塞,竟不成话,反笑宋人为无诗。"袁宏道所倡举的"趣"重在内心的会悟与快乐,用以说明与凡俗不同之趣,这种趣由于与超越流俗的心态与会悟相联系,故而到后来为许多文士所钟爱。清代袁枚也提倡:"味欲其鲜,趣欲其真,人必知此,而后可与论诗。"(《随园诗话》卷一)袁枚以人生之趣作为作诗的根本,认为诗是人之性情的表达,而性情之真趣乃是作好诗的前提。"诗者,人之性情也,近取诸身而足矣,其言动心,其色夺目,其味适口,其音悦耳,便是佳诗。"(《随园诗话补遗》卷一)袁枚认为诗必须令人读后赏心悦目,产生愉悦的感觉,而作出这样的诗的前提则是诗人须有真趣。袁枚的诗论,进一步将"兴趣"说向着主观论的方向发展。

二 兴会

"兴会"是指审美主体与客体在遇合时达到的一种高度兴奋、思潮如涌的状况,有时也指灵感现象。沈约《宋书·谢灵运传论》中说"灵运之兴会标举",《文选》李善注"兴会"时曰"情兴所会也",这里的"兴会标举",是指谢灵运作诗时任从情性,随兴而发,善于动用灵感心理来作出好诗,如他的"池塘生春草"据说就是他在"兴会标举"时所作。颜之推在《颜氏家训·文章》篇中说:"原其所积文章之体,标举兴会,发引性灵。"他认为文学创作的特点即是标举"兴会",发引性灵。可见"兴会"是指作者创作时经常产生的一种高度亢奋、文思泉涌的心态。这种心理现象不同于理性认识的冷静思索,而呈现出难以掌控的特点。萧子显在《南齐书·文学传论》中提出:

> 文章者,盖情性之风标,神明之律吕也。蕴思含毫,游心内运,放言落纸,气韵天成,莫不禀以生灵,迁乎爱嗜,机见殊门,赏悟纷杂。……属文之道,事出神思,感召无象,变化不穷。俱五声之音响,而出言

第四章　"兴"与艺术生命的彰显

异句;等万物之情狀,而下笔殊形。吟咏规范,本之雅什;流分条散,各以言区。

萧子显认为文学创作是作者情性与神思所致。情性是人们一直都有的,神思却是唯有在文学创作时才有的心理现象,也就是灵感现象,它的特点是游心内运,气韵天成。这种"兴会"突出了文学创作的非功利性,用以将文学与实用文体相区别。北宋文人苏洵则将创作的自然会妙作为文学境界浑然天成的前提:"然而此二物者岂有求乎文哉?无意乎相求,不期而相遭而文生焉。是其为文也,非水之文也,非风之文也,二物者非能为文而不能不为文也,物之相使而文出于其间也,故此天下之至文也。"(《仲兄字文甫说》)苏洵将主体与客体的自然会妙视为天下至文产生的基础,可见"兴会"离不开主客观两方面的会妙。所谓"自然兴会",也就是摈斥有意造作的创作态度。当然同样讲"兴会",每位诗论家的出发点有所不同。严羽强调"兴趣",其中即意味着对自然会妙创作态度的赞扬,他肯定盛唐诗人"惟在兴趣",故其意象透彻玲珑,不可凑泊,实际上也是在倡导"兴会标举"。

兴：艺术生命的彰显

到了清代文学家王士禛论诗时，则将"兴会神到"作为诗论的重要观点。王士禛所谓"兴会神到"，是指诗人面对山川风云等景色时自然感会到的美感，他继承了司空图与严羽的诗论，但却去掉了其中的忧愤情思，将"兴会神到"说得虚无缥缈。他提出"大抵古人诗画，只取兴会神到"（《池北偶谈》卷十八），"古人诗只取兴会超妙"（《渔洋诗话》卷上）。这种说法显然有偏爱神韵的弊端。当然，王士禛也主张"兴会神到"与学问积累相结合。他说："夫诗之道，有根柢焉，有兴会焉，二者率不可得兼。镜中之象，水中之月，相中之色，羚羊挂角，无迹可求，此兴会也。本之《风》《雅》以导其源，溯之楚《骚》、汉魏乐府诗以达其流，博之九经、三史、诸子以穷其变，此根柢也。根柢原于学问，兴会发于性情。于斯二者兼之，又斡以风骨，润以丹青，谐以金石，故能衔华佩实，大放厥词，自名一家。"（《带经堂诗话》卷三）王士禛认为，诗有二道：一者依赖于学问根柢，如《诗经》、《离骚》、汉魏乐府、各种经史典籍等；另一种是"兴会神到"之诗，这种诗有神韵。当然这两者之间并非不可兼容，如果作诗的人能够兼收并蓄，再加上风骨与丹青，也可以自成一家。

第四章 "兴"与艺术生命的彰显

不过,王士禛骨子里还是推崇"兴会神到"、非有所待的诗境。《渔洋诗话》卷上说:"萧子显云:'登高极目,临水送归。蚤(早)雁初莺,花开叶落,有来斯应,每不能已。须其自来,不以力构。'王士源序孟浩然诗云:'每有制作,伫兴而就。'余生平服膺此言,故未尝为人强作,亦不耐为和韵诗也。"王士禛盛赞萧子显体现"兴会神到"观念之语,自叙作诗以"兴会"为美,而不喜矫强而作。他所推崇与赞美的诗作,大致为隐逸山林田园之诗。但是他对这类诗的赞美同司空图倡举冲和淡远的风格有所不同,司空图是以倡导冲和淡远、向往自然的诗风来抒发内心的苦闷,具有傲世独立的人格精神,而王士禛提倡"兴会神到",是与他当时所处的清代初期的特定文化氛围有关。清代康熙年间,文人们在心理上还未消除大规模动乱之后的创伤,于是倡导"兴会神到"、创造虚无缥缈的神韵诗境的创作论,成为人们摆脱现实的一种方式。

如果说在诗歌创作过程中,"兴会"是一种类似于灵感的心理活动,那么在书画创作过程中,"兴会"用得更多了。书画是不凭借文字概念思维的艺术创作,故而"兴会"这一概念因其直观性与情感性,更加适用于这一创作领域。唐代书论家张怀瓘评王献之的创作特点时说:"人有求书,罕能得者。虽权贵所逼,了不介怀。偶其兴会,则触遇造笔,皆发于衷,不从于外。"(《书断·神品》)这段叙述既赞赏了王献之特立独行、不傍权贵的傲骨,又说明了他兴会挥笔、随兴而书的创作特点。宋代郭若虚记录了五代画家景焕乘兴而作的逸闻:

> 焕与翰林学士欧阳炯为忘形之友。一日,联骑同游应天,适睹(孙)位所画门之左壁天王。激发高兴,遂画右壁天王以对之。二艺争锋,一时壮冠。(《图画见闻志》卷六)

这里说的"激发高兴",也就是"兴会"。古人在他们的画论与书论中,对"兴会"在创作中的作用多所推崇。因为书画的表达往往比诗歌更为直接,所以"兴会"用得更广。

三 兴象

"兴象"是中国古代诗学的重要概念。它是"兴"

第四章 "兴"与艺术生命的彰显

的延伸,如果说"兴趣"强调主观情感的自由活泼、生动灵趣,那么"兴象"则是这种创作心态下产生的艺术形象。但是这种诗歌形象不是一般的形象,而是在兴趣激发下形成的意境超迈、浑然无迹的诗歌形象。

"兴象"作为美学术语,正式诞生于唐代诗论之中,这不是偶然的。中国古代诗歌发展至唐代,不仅在创作上取得了巨大的成就,涌现出一批负有盛名的诗人与诗作,而且从理论上对诗歌形象之特征作了深入的探讨。唐代殷璠的《河岳英灵集》首次用"兴象"这一概念来品评诗歌,如他批评齐梁诗风:"责古人不辩宫徵羽、词句质素,耻相师范。于是攻异端,妄穿凿。理则不足,言常有余,都无兴象,但贵轻艳。"殷璠批评齐梁新变派诗人如沈约等人,徒然从音律、词采上去指责古诗质朴无华,而他们自己的诗作却内容苍白,没有兴象,只有华艳。

殷璠编《河岳英灵集》,着眼于当时诗人创作在"兴象"上的成就,他对常建、王维、高适、王昌龄等人"兴象"超迈的诗作给予了很高的评价。

自殷璠在《河岳英灵集》中用"兴象"评诗之后,"兴象"在后来的诗论中经常运用。其中明代用得最为普遍。

明代诗论家用"兴象风神"来评论诗歌。胡应麟《诗薮》中提出:"作诗大要不过二端,体格声调、兴象风神而已。体格声调有则可循,兴象风神无方可执。……譬则镜花水月,体格声调,水与镜也,兴象风神,月与花也。"胡应麟明确地将诗的要素分成内在的"兴象风神"与外在的"体格声调"两部分。他在评论唐诗时更是运用"兴象"理论,来说明唐诗的各个时期的成就:"唐初五言律,惟王勃'送送多穷路''城阙辅三秦'等作,终篇不著景物,而兴象宛然,气骨苍然,实首启盛、中妙境。"(《诗薮·内编》卷四)"盛唐绝句,兴象玲珑,句意深婉,无工可见,无迹可寻。中唐遽减风神,晚唐大露筋骨,可并论乎?"(《诗薮·内编》卷六)胡应麟指出初唐五言律诗虽不成熟,但王勃的诗作兴象宛然,气骨苍劲,下启盛唐与中唐诗境。他最推崇盛唐之诗的兴象玲珑、无迹可求,而批评中晚唐诗歌的风神减弱、筋力太露。明初高棅《唐诗品汇》中亦以"兴象"论诗,如论及五言律诗时说:"其声调、格律易于同似,其得兴象高远者亦寡矣。"(《唐诗品汇·五言律诗叙目》)

清代方东树《昭昧詹言》卷五中也用"兴象"来评论六朝诗:"谢公(灵运)不过言山水烟霞丘壑之

第四章 "兴"与艺术生命的彰显

美,己志在此,赏心无与同耳,千篇一律。惟其思深气沉,风格凝重,造语工妙,兴象宛然,人自不能及。"方东树认为谢灵运的诗写山水之美,虽有雷同之嫌,但是由于兴象宛然,风格工丽,自有人所不能及的地方。方东树认为"兴象"是与用意构思、文法结构相提并论的诗歌要素,而要形成这种作诗素养是要师法古人才能达到的:"用意高妙,兴象高妙,文法高妙,而非深解古人则不得。"(《昭昧詹言》卷一)方东树强调"兴象"与一般的意象不同,它具有浑然无迹、意在言外的特征。他在《昭昧詹言》续卷三中认为王维的诗最能体现这种兴象超迈的意境:"王摩诘辋川于诗,亦称一祖。然比之杜公,真如维摩之于如来,确然别为一派。寻其所至,只是以兴象超远,浑然元气,为后人所莫及。高华精警,极声色之宗,而不落人间声色,所以可贵。"方东树赞美王维之诗,认为与杜甫之诗相比,别有特色,它不同于杜甫诗的沉郁顿挫,而以其兴象超迈取胜。兴象超迈诗境的创造,要依恃主体的凌绝时空,兴致飞翔,不受世俗之见的约束。明代也有一些诗论家指出,对唐诗"兴象"的批评应顾及这一特点,而不能胶柱鼓瑟。

"兴象"一般说来,是指一个完整的概念,是从诗歌的主观情兴与客观物象相融合的角度去说的。但是也有的诗论家将二者拆分开来加以批评。如白居易《钱塘湖春行》："孤山寺北贾亭西,水面初平云脚低。几处早莺争暖树,谁家新燕啄春泥。乱花渐欲迷人眼,浅草才能没马蹄。最爱湖东行不足,绿杨阴里白沙堤。"方东树评之曰："佳处在象中有兴。有人在,不比死句。"(《昭昧詹言》续卷五)方东树认为白居易这首诗的妙处在于刻画春天西湖景象时,有着高远飘逸之兴,在诗中传达出诗人春日骑马游春时的高逸之兴,在实景中表现出诗人放逸怡然的兴致,也正是这种高逸之情兴,使得诗中出现的西湖岸边的花树莺燕、湖光云色,都焕发着勃勃春光,明丽可人。从这一角度来说,写景必得有兴,才能真正写好。清代刘熙载《艺概·赋概》中评论道："春有草树,山有烟霞,皆是造化自然,非设色之可拟。故赋之为道,重象尤宜重兴。兴不称象,虽纷披繁密,而生意索然,能无为识者厌乎?"刘熙载强调"兴象"作为文学形象来说,主要是由主观之"兴"所决定的,如果主体情兴鄙俗,即使有纷繁万状的描写,也是无法生意盎然,令人赏心悦目的。汉赋中的许多作品不受人赏识,其源盖出于缺乏兴致,没有性灵,赋家只是在铺

第四章 "兴"与艺术生命的彰显

张扬厉、摹状外物上下功夫,当然不能产生兴象超迈的作品。从他们的论述来看,"兴象"的创造,有赖于作者主体修养与情兴的高逸。严羽《沧浪诗话》中指出:"盛唐诸人惟在兴趣,羚羊挂角,无迹可求。故其妙处透彻玲珑,不可凑泊。"也是强调"兴趣"是创造"兴象"高远之作的基础,盛唐诗人兴趣高逸,故其诗歌兴象玲珑,无迹可求。

参考文献

格罗塞:《艺术的起源》,蔡慕晖译,商务印书馆,1984。
郭沫若:《卜辞通纂》,科学出版社,1983。
李泽厚:《美的历程》,文物出版社,1981。
梁启超:《饮冰室合集》,中华书局,1989。
铃木虎雄:《中国诗论史》,许总译,广西人民出版社,1989。
钱锺书:《七缀集》,生活·读书·新知三联书店,2002。
沈子丞:《历代论画名著汇编》,文物出版社,1982。
王克芬:《中国舞蹈发展史》,上海人民出版社,1989。
杨树达:《积微居小学述林全编》,《杨树达文集》,上海古籍出版社,2013。
叶嘉莹:《迦陵论诗丛稿(修订本)》,河北教育出版社,1997。
张伯伟:《全唐五代诗格汇考》,江苏古籍出版社,2002。
朱光潜:《文艺心理学》,复旦大学出版社,2009。
朱自清:《诗言志辨》,华东师范大学出版社,1996。